Marguerite Duras

玛格丽特·杜拉斯作品系列

# 情人

L'amant

玛格丽特 · 杜拉斯 著

Marguerite Duras

王道乾 译

上海译文出版社

致布鲁诺·努伊唐

我已经老了，有一天，在一处公共场所的大厅里，有一个男人向我走来。他主动介绍自己，他对我说：“我认识你，永远记得你。那时候，你还很年轻，人人都说你美，现在，我是特为来告诉你，对我来说，我觉得现在你比年轻的时候更美，那时你是年轻女人，与你那时的面貌相比，我更爱你现在备受摧残的面容。”

这个形象，我是时常想到的，这个形象，只有我一个人能看到，这个形象，我却从来不曾说起。它就在那里，在无声无息之中，永远使人为之惊叹。在所有的形象之中，只有它让我感到自悦自喜，只有在它那里，我才认识自己，感到心醉神迷。

太晚了，太晚了，在我这一生中，这未免来得太早，也过于匆匆。才十八岁，就已经是太迟了。在十八岁和二十五岁之间，我原来的面貌早已不知去向。我在十八岁的时候就变老了。我不知道是不是所有的人都这样，我从来不曾问过什么人。好像有谁对我讲过时间转瞬即逝，在一生最年轻的岁月、最可赞叹的年华，在这样的时候，那时间来去匆匆，有时会突然让你感到震惊。衰老的过程是冷酷无情的。我眼看着衰老在我颜面上步步紧逼，一点点侵蚀，我的面容各有关部位也发生了变化，两眼变得越来越大，目光变得凄切无神，嘴变得更加固定僵化，额上刻满了深深的裂痕。我倒并没有被这一切吓倒，相反，我注意看那衰老如何在我的颜面上肆虐践踏，就好像我很有兴趣读一本书一样。我没有搞错，我知道；我知道衰老有一天也会减缓下来，按它通常的步伐徐徐前进。在我十七岁回到法国时认识我的人，两年后在我十九岁又见到我，一定会大为惊奇。这样的面貌，虽然已经成了新的模样，但我毕竟还是把它保持下来了。它毕竟曾经是我的面貌。它已经变老了，肯定是老了，不过，比起它本来应该变成的样子，相对来说，毕竟也没有变得老到那种地步。我的面容已经被深深的干枯的皱纹撕得四分五裂，皮肤也支离破碎了。它不像某些娟秀纤细的容颜那样，从此便告毁去，它原有的轮廓依然存在，不过，实质已经被摧毁了。我的容貌是被摧毁了。

对你说什么好呢，我那时才十五岁半。

那是在湄公河的轮渡上。

在整个渡河过程中，那形象一直持续着。

我才十五岁半，在那个国土上，没有四季之分，我们就生活在惟一一个季节之中，同样的炎热，同样的单调，我们生活在世界上一个狭长的炎热地带，既没有春天，也没有季节的更替嬗变。

我那时住在西贡公立寄宿学校。食宿都在那里，在那个供食宿的寄宿学校，不过上课是在校外，在法国中学。我的母亲是小学教师，她希望她的小女儿进中学。你嘛，你应该进中学。对她来说，她是受过充分教育的，对她的小女儿来说，那就不够了。先读完中学，然后再正式通过中学数学教师资格会考。自从进了小学，开头几年，这样的老生常谈就不绝于耳。我从来不曾幻想我竟可以逃脱数学教师资格会考这一关，让她心里总怀着那样一份希望，我倒是深自庆幸的。我看我母亲每时每刻都在为她的儿女、为她自己的前途奔走操劳。终于有一天，她不需再为她的两个儿子的远大前程奔走了，他们成不了什么大气候，她也只好另谋出路，为他们谋求某些微不足道的未来生计，不过说起来，他们也算是尽到了他们的责任，他们把摆在他们面前的时机都一一给堵死了。我记得我的小哥哥学过会计课程。在函授学校，反正任何年龄任何年级都是可以学的。我母亲说，补课呀，追上去呀。只有三天热度，第四天就不行了。不干了。换了住地，函授学校的课程也只好放弃，于是另换学校，再从头开始。就像这样，我母亲坚持了整整十年，一事无成。我的小哥哥总算在西贡成了一个小小的会计。那时在殖民地机电学校是没有的，所以我们必须把大哥送回法国。他好几年留在法国机电学校读书。其实他并没有入学。我的母亲是不会受骗的。不过她也毫无选择余地，不得不让这个儿子和另外两个孩子分开。所以，几年之内，他并不在家中。正是他不在家的这几年时间，母亲购置下那块租让地。真是可怕的经历啊[①]。不过，对我们这些留下没有出去的孩子来说，总比半夜面对虐杀小孩的凶手要好得多，不那么可怕。那真像是猎手之夜那样可怕[2]。

人们常常说我是在烈日下长大，我的童年是在骄阳下度过的，我不那么看。人们还常常对我说，贫困促使小孩多思。不不，不是这样。长期生活在地区性饥馑中的“少年－老人”[3]，他们是那样，我们不是那样，我们没有挨过饿，我们是白人的孩子，我们有羞耻心，我们也卖过我们的动产家具之类，但是我们没有挨过饿，我们还雇着一个仆役，我们有时也吃些乌七八糟的东西，水禽呀，小鳄鱼肉呀，确实如此，不过，就是这些东西也是由一个仆役烧的，是他侍候我们吃饭，不过，有的时候，我们不去吃它，我们也要摆摆架子，乌七八糟的东西不吃。当我到了

---

① 作者早期作品《抵挡太平洋的堤坝》（*Un barrage contre le Pacifique*），写一位到印度支那的法国母亲向殖民地当局地籍管理局租用印度支那南方太平洋海边一块租让地，因没有行贿，租到的竟是一块不可耕种的盐碱地，还有被太平洋大潮随时吞没的危险。后来她带着一子一女，历尽千辛万苦，与当地人合筑大堤，最后大堤还是被潮水冲决。这部作品与作者的个人经历有关，在许多方面与《情人》相通。

② 法国影片《猎手之夜》（*La nuit du chasseur*）写凶犯深夜捕杀儿童。“猎手之夜”几乎成为幼儿黑夜害怕的同义语。

③ 意指未老先衰的小老头。

十八岁，就是这个十八岁叫我这样的面貌出现了；是啊，是有什么事情发生了。这种情况想必是在夜间发生的。我怕我自己，我怕上帝，我怕。若是在白天，我怕得好一些，就是死亡出现，也不那么怕，怕得也不那么厉害。死总是缠着我不放。我想杀人，我那个大哥，我真想杀死他，我想要制服他，哪怕仅仅一次，一次也行，我想亲眼看着他死。目的是要当着我母亲的面把她所爱的对象搞掉，把她的儿子搞掉，为了惩罚她对他的爱；这种爱是那么强烈，又那么邪恶，尤其是为了拯救我的小哥哥，我相信我的小哥哥，我的孩子，他也是一个人，大哥的生命却把他的生命死死地压在下面，他那条命非搞掉不可，非把这遮住光明的黑幕布搞掉不可，非把那个由他、由一个人代表、规定的法权搞掉不可，这是一条禽兽的律令，我这个小哥哥的一生每日每时都在担惊受怕，生活在恐惧之中，这种恐惧一旦袭入他的内心，就会将他置于死地，害他死去。

关于我家里这些人，我已经写得不少，我下笔写他们的时候，母亲和兄弟还活在人世，不过我写的是他们周围的事，是围绕这些事下笔的，并没有直接写到这些事本身。

我的生命的历史并不存在。那是不存在的，没有的。并没有什么中心。也没有什么道路，线索。只有某些广阔的场地、处所，人们总是要你相信在那些地方曾经有过怎样一个人，不，不是那样，什么人也没有。我青年时代的某一小段历史，我过去在书中或多或少曾经写到过，总之，我是想说，从那段历史我也隐约看到了这件事，在这里，我要讲的正是这样一段往事，就是关于渡河的那段故事。这里讲的有所不同，不过，也还是一样。以前我讲的是关于青年时代某些明确的、已经显示出来的时期。这里讲的是同一个青年时代一些还隐蔽着不曾外露的时期，这里讲的某些事实、感情、事件也许是我原先有意将之深深埋葬不愿让它表露于外的。那时我是在硬要我顾及羞耻心的情况下拿起笔来写作的。写作对于他们来说仍然是属于道德范围内的事。现在，写作似乎已经成为无所谓的事了，事情往往就是这样。有的时候，我也知道，不把各种事物混为一谈，不是去满足虚荣心，不是随风倒，那是不行的，在这样的情况下，写作就什么也不是了。我知道，每次不把各种事物混成一团，归结为惟一的极坏的本质性的东西，那么写作除了可以是广告以外，就什么也不是了。不过，在多数场合下，我也并无主见，我不过是看到所有的领域无不是门户洞开，不再受到限制，写作简直不知到哪里去躲藏，在什么地方成形，又在何处被人阅读，写作所遇到的这种根本性的举措失当再也不可能博得人们的尊重，不过，关于这一点，我不想再作进一步的思考了。

现在，我看我在很年轻的时候，在十八岁，十五岁，就已经有了以后我中年时期因饮酒过度而有的那副面孔的先兆了。烈酒可以完成上帝也不具备的那种功能，也有把我杀死、杀人的效力。在酗酒之前我就有了这样一副酗酒面孔。酒精跑来证明了这一点。我身上本来就有烈酒的地位，对它我早有所知，就像对其他情况有所知一样，不过，真也奇怪，它竟先期而至。同样，我身上本来也具有欲念的地位。我在十五岁就有了一副耽于逸乐的面目，尽管我还不懂什么叫逸乐。这样一副面貌是十分触目的。就是我的母亲，她一定也看到了。我的两个哥哥是看到的。对我来说，一切一切就是这样开始的，都是从这光艳夺目又疲惫憔悴的面容开始的，从这一双过早就围上黑眼圈的眼睛开始的，这就是experiment[①]。

我才十五岁半。就是那一次渡河。我从外面旅行回来，回西贡，主要是乘汽车回来。那天早上，我从沙沥[②]乘汽车回西贡，那时我母亲在沙沥主持一所女子学校。学校的假期已经结束，是什么假期我记不得了。我是到我母亲任职的学校一处小小住所去度假的。那天我就是从那里回西贡，回到我在西贡的寄宿学校。这趟本地人搭乘的汽车从沙沥市场的广场开出。像往常一样，母亲亲自送我到车站，把我托付给司机，让他照料我，她一向是托西贡汽车司机带我回来，惟恐路上发生意外，火灾，强奸，土匪抢劫，渡船抛锚事故。也像往常一样，司机仍然把我安置在前座他身边专门留给白人乘客坐的位子上。

这个形象本来也许就是在这次旅行中清晰地留下来的，也许应该就在河口的沙滩上拍摄下来。这个形象本来

---

① 英文，试验、亲身体验。

② Sadec，在湄公河（前江）南岸，距西贡约一百公里。

可能是存在的，这样一张照片本来也可能拍摄下来，就像别的照片在其他场合被摄下一样。但是这一形象并没有留下。对象是太微不足道了，不可能引出拍照的事。又有谁会想到这样的事呢？除非有谁能预见这次渡河在我一生中的重要性，否则，那个形象是不可能被摄取下来的。所以，即使这个形象被拍下来了，也仍然无人知道有这样一个形象存在。只有上帝知道这个形象。所以这样一个形象并不存在，只能是这样，不能不是这样。它是被忽略、被抹煞了。它被遗忘了。它没有被清晰地留下来，没有在河口的沙滩上被摄取下来。这个再现某种绝对存在的形象，恰恰也是形成那一切的起因的形象，这一形象之所以有这样的功效，正因为它没有形成。

这就是那次渡河过程中发生的事。那次渡河是在交趾支那[1]南部遍布泥泞、盛产稻米的大平原，即乌瓦洲平原永隆[2]和沙沥之间从湄公河支流上乘渡船过去的。

---

① Cochinchine。前法属殖民地印度支那分为三个部分，即北部的东京地区、中部的安南地区和南部的交趾支那，交趾支那包括湄公河柬埔寨洞里萨湖以下，兼有老挝部分地区，西贡为其首府。

② Vinhlong，在湄公河（前江）南岸，与沙沥相去不远。

我从汽车上走下来。我走到渡船的舷墙前面。我看着这条长河。我的母亲有时对我说，我这一生还从来没有见过像湄公河这样美、这样雄伟、这样凶猛的大河，湄公河和它的支流就在这里汹涌流过，注入海洋，这一片汪洋大水就在这里流入海洋深陷之处消失不见。这几条大河在一望无际的平地上流速极快，一泻如注，仿佛大地也倾斜了似的。

汽车开到渡船上，我总是走下车来，即使在夜晚我也下车，因为我总是害怕，怕钢缆断开，我们都被冲到大海里去。我怕在可怕的湍流之中看着我生命最后一刻到来。激流是那样凶猛有力，可以把一切冲走，甚至一些岩石、一座大教堂、一座城市都可以冲走。在河水之下，正有一场风暴在狂吼。风在呼啸。

我身上穿的是真丝的连衫裙，是一件旧衣衫，磨损得几乎快透明了。那本来是我母亲穿过的衣衫，有一天，她不要穿了，因为她觉得这件连衫裙色泽太鲜，于是就把它给我了。这件衣衫不带袖子，开领很低。是真丝通常有的那种茶褐色。这件衣衫我还记得很清楚。我觉得我穿起来很相宜，很好。我在腰上扎起一条皮带，也许是我哪一个哥哥的一条皮带。那几年我穿什么样的鞋子我记不清了，只记得几件常穿的衣服。多数时间我赤脚穿一双帆布凉鞋。我这是指上西贡中学之前那段时间。自此以后，我肯定一直是正式穿皮鞋的。那天我一定是穿的那双有镶金条带的高跟鞋。那时我穿的就是那样一双鞋子，我看那天我只能是穿那双鞋。是我母亲给我买的削价处理品。我是为了上中学才穿上这样一双带镶金条带的鞋的。我上中学就穿这样一双晚上穿的带镶金条带的鞋。我本意就是这样。只有这双鞋，我觉得合意，就是现在，也是这样，我愿意穿这样的鞋，这种高跟鞋还是我有生以来第一次穿，它好看，美丽，以前我穿那种平跟白帆布跑鞋、运动鞋，和这双高跟鞋相比都显得相形见绌，不好看。

在那天，这样一个小姑娘，在穿着上显得很不寻常，十分奇特，倒不在这一双鞋上。那天，值得注意的是小姑娘头上戴的帽子，一顶平檐男帽，玫瑰木色的，有黑色宽饰带的呢帽。

她戴了这样的帽子，那形象确乎暧昧不明，模棱两可。

这顶帽子怎么会来到我的手里，我已经记不清了。我看不会是谁送给我的。我相信一定是我母亲给我买的，而且是我要我母亲给我买的。惟一可以确定的是：削价出售的货色。买这样一顶帽子，怎么解释呢？在那个时期，在殖民地，女人、少女都不戴这种男式呢帽。这种呢帽，本地女人也不戴。事情大概是这样的，为了好玩，我拿它戴上试了一试，就这样，我还在商人那面镜子里照了一照，我发现，在男人戴的帽子下，形体上那种讨厌的纤弱柔细，童年时期带来的缺陷，就换了一个模样。那种来自本性的原形，命中注定的资质也退去不见了。正好相反，它变成这样一个女人有拂人意的选择，一种很有个性的选择。就这样，突然之间，人家就是愿意要它。突然之间，我看我自己也换了一个人，就像是看到了另一个女人，外表上能被所有的人接受，随便什么眼光都能看得进去，在城里大马路上兜风，任凭什么欲念也能适应。我戴了这顶帽子以后，就和它分不开了。我有了帽子，这顶帽子把我整个地归属于它，仅仅属于它，我再也和它分不开了。那双鞋，情况应该也差不多，不过，和帽子相比，鞋倒在其次。这鞋和这帽子本来是不相称的，就像帽子同纤弱的体形不相称一样，正因为这样，我反而觉得好，我觉得对我合适。所以这鞋，这帽子，每次外出，不论什么时间，不论在什么场合，我到城里去，我到处都穿它戴它，和我再也分不开了。

我儿子二十岁时拍的照片又找到了。那是他在加利福尼亚和他的女朋友埃丽卡和伊丽莎白·林纳德合拍的。他人很瘦，瘦得像一个乌干达白人似的。我发现他面孔上有一种妄自尊大的笑容，又有点自嘲的神色。他有意让自己有这样一种流浪青年弯腰曲背的形象。他喜欢这样，他喜欢这种贫穷，这种穷相，青年人瘦骨嶙峋这种怪模样。这张照片拍得与渡船上那个少女不曾拍下的照片最为相像。

买这顶平檐黑色宽饰带浅红色呢帽的人，也就是有一张照片上拍下来的那个女人，那就是我的母亲。她那时拍的照片和她最近拍的照片相比，我对她认识得更清楚，了解得更深了。那是在河内小湖边上一处房子的院子里拍的。她和我们，她的孩子，在一起合拍的。我是四岁。照片当中是母亲。我还看得出，她站得很不得力，很不稳，她也没有笑，只求照片拍下就是。她板着面孔，衣服穿得乱糟糟，神色恍惚，一看就知道天气炎热，她疲惫无力，心情烦闷。我们作为她的孩子，衣服穿成那种样子，那种倒霉的样子，从这里我也可以看出我母亲当时那种处境，而且，就是在拍照片的时候，即使我们年纪还小，我们也看出了一些征兆，真的，从她那种神态显然可以看出，她已经无力给我们梳洗，给我们买衣穿衣，有时甚至无法给我们吃饱了。没有勇气活下去，我母亲每天都挣扎在灰心失望之中。有些时候，这种绝望的心情连绵不断，有些时候，随着黑夜到来，这绝望心情方才消失。有一个绝望的母亲，真可说是我的幸运，绝望是那么彻底，向往生活的幸福尽管那么强烈，也不可能完全分散她的这种绝望。使她这样日甚一日和我们越来越疏远的具体事实究竟属于哪一类，我不明白，始终不知道。难道就是她做这件蠢事这一次，就是她刚刚买下的那处房子——就是照片上照的那处房子——我们根本不需要，偏偏又是父亲病重，病得快要死了，几个月以后他就死了，偏偏是在这个时候，难道就是这一次。或者说，她已经知道也该轮到她，也得了他为之送命的那种病？死期竟是一个偶合，同时发生。这许多事实究竟是什么性质，我不知道，大概她也不知道，这些事实的性质她是有所感的，并且使她显得灰心丧气。难道我父亲的死或死期已经近在眼前？难道他们的婚姻成了问题？这个丈夫也成了问题？几个孩子也是问题？或者说，这一切总起来难道都成了问题？

天天都是如此。这一点我可以肯定。这一切肯定是来势凶猛，猝不及防的。每天在一定的时间，这种绝望情绪就要发作。继之而来的是一切都告停顿，或者进入睡眠，有时若无其事，有时相反，如跑去买房子，搬家，或者，仍然是情绪恶劣，意志消沉，虚弱，或者，有的时候，不论你要求她什么，不论你给她什么，她就像是一个王后，要怎么就怎么，小湖边上那幢房子就是在这样的情况下买下来的，什么道理也没有，我父亲已经气息奄奄快要死了，还有这平檐呢帽，还有前面讲到的那双有镶金条带的鞋，就因为这些东西她小女儿那么想要，就买下来了。或者，平静无事，或者睡去，以至死掉。

有印第安女人出现的电影我没有看过，印第安女人就戴这种平檐呢帽，梳着两条辫子垂在前胸。那天我也梳着两条辫子，我没有像惯常那样把辫子盘起来，不过尽管这样，那毕竟是不同的。我也是两条长辫子垂在前身，就像我没有看见过的电影里的印第安女人那样，不过，我那是两条小孩的发辫。自从有了那顶帽子，为了能把它戴到头上，我就不把头发盘到头上了。有一段时间，我总是拚命梳头，把头发往后拢，我想让头发平平的，尽量不让人看见。每天晚上我都梳头，按我母亲教我的那样，每天晚上睡前都把辫子重新编一编。我的头发沉沉的，松软而又怕痛，红铜似的一大把，一直垂到我的腰上。人家常说，我这头发最美，这话由我听来，我觉得那意思是说我不美。我这引人注意的长发，我二十三岁在巴黎叫人给剪掉了，那是在我离开我母亲五年之后。我说：剪掉。就一刀剪掉了。全部发辫一刀两断，随后大致修了修，剪刀碰在颈后皮肤上冰凉冰凉的。头发落满一地。有人问我要不要把头发留下，用发辫可以编一个小盒子。我说不要。以后，没有人说我有美丽的头发了，我的意思是说，人家再也不那么说了，就像以前，在头发剪去之前，人家说我那样。从此以后，人家宁可说：她的眼睛美。笑起来还可以，也很美。

看看我在渡船上是怎么样吧，两条辫子仍然挂在身前。才十五岁半。那时我已经敷粉了。我用的是托卡隆香脂，我想把眼睛下面双颊上的那些雀斑掩盖起来。我用托卡隆香脂打底再敷粉，敷肉色的，乌比冈牌子的香粉。这粉是我母亲的，她上总督府参加晚会的时候才搽粉。那天，我还涂了暗红色的口红，就像当时的樱桃的那种颜色。口红我不知道是怎么搞到的，也许是海伦·拉戈奈尔从她母亲那里给我偷来的，我记不得了。我没有香水，我母亲那里只有古龙香水和棕榄香皂。

在渡船上，在那部大汽车旁边，还有一辆黑色的利穆新轿车①，司机穿着白布制服。是啊，这就是我写的书里写过的那种大型灵车啊。就是那部莫里斯·莱昂－博来②。那

① Limousine，三十年代法国流行的一种小汽车，车体较大，司机座露天，与后座隔开。

② Morris Léon-Bollée，法国汽车制造商莱昂－博来（1870-1917）出产的一种轻型车。

时驻加尔各答法国大使馆的那部郎西雅牌黑色轿车[1]还没有写进文学作品呢。

在汽车司机和车主之间，有滑动玻璃窗前后隔开。在车厢里面还有可以拉下来的折叠式坐椅。车厢大得就像一个小房间似的。

在那部利穆新汽车里，一个风度翩翩的男人正在看我。他不是白人。他的衣着是欧洲式的，穿一身西贡银行界人士穿的那种浅色柞绸西装。他在看我。看我，这在我已经是习以为常的了。在殖民地，人们总是盯着白种女人看，甚至十二岁的白人小女孩也看。近三年来，白种男人在马路上也总是看我，我母亲的朋友总是很客气地要我到他们家里去吃午茶，他们的女人在下午都到体育俱乐部打网球去了。

---

① Lancia，意大利菲亚特公司当时的新产品。这里提到法国驻加尔各答大使馆，暗示作者所写小说《副领事》（*Le vice-consul*），以及电影剧本《印度之歌》（*India Song*）。

我也可能自欺自误，以为我就像那些美妇人、那些招引人盯着看的女人那样美，因为，的确，别人总是盯着我看。我么，我知道那不是什么美不美的问题，是另一回事，是的，比如说，是另一回事，比如说，是个性的问题。我想怎么表现就怎么表现，你愿意我美，那就美吧，或者说漂亮也行，比如说，在家里，觉得我漂亮，就漂亮吧，仅仅限于在家里，也行，反正希望我怎样我就怎样就是了。不妨就相信好了。那就相信我是很迷人的吧。我只要信以为真，对那个看到我的人来说，就是真的，他想让我符合他的意趣，我也能行。所以，尽管我心里总是想着杀死我的哥哥，这种想法怎么也摆脱不掉，但是，我仍然可以心安理得地觉得我是迷人的、可爱的。说到死这一点，只有一个惟一的同谋者，就是我的母亲。我说迷人这两个字，同别人总围着我、围着一些小孩说迷人可爱一样，没有什么不同。

我早已注意到，早已有所察觉。我知道其中总有一点什么。我知道，女人美不美，不在衣装服饰，不在美容修饰，不因为施用的香脂价钱贵不贵，穿戴珍奇宝物、高价的首饰之类。我知道问题不在这里。问题究竟何在，我也不知道。反正我知道一般女人以为问题是在那里，我认为不是。我注意看西贡街上的女人，偏僻地区的女人。其中有一些女人，十分美丽，非常白净，在这里她们极其注意保养她们姿容娇美，特别是住在边远僻静地区的那些女人，她们什么也不做，只求好好保养，洁身自守，目的是为了那些情人，为了去欧洲，为了到意大利去度假，为了每三年有六个月的长假，到那个时候，她们就可以大谈在这里的生活状况，殖民地非同一般的生活环境，这里这些人、这些仆役的工作，都是那样完美无缺，以及这里的花草树木，舞会，白色的别墅，别墅大得可以让人在里面迷路，边远地区的官员们就住在这样的别墅里。她们在等待。她们穿衣打扮，毫无目的。她们彼此相看，你看我，我看你。她们在别墅的阴影下彼此怅怅相望，一直到时间很晚，她们以为自己生活在小说世界之中，她们已经有了长长的挂满衣服的壁橱，挂满衣衫罗裙不知怎么穿才好，按时收藏各种衣物，接下来便是长久等待的时日。在她们中间，有些女人发了疯。有些被当作不说话的女仆那样抛弃了。被遗弃的女人。人们听到这样的字眼落到她们身上，人们在传布这样的流言，人们在制造这种污辱性的谣传。有些女人就这样自尽，死了。

这些女人自作、自受、自误，我始终觉得这是一大错误。

就是因为没有把欲念激发起来。欲念就在把它引发出来的人身上，要么根本就不存在。只要那么看一眼，它就会出现，要么是它根本不存在。它是性关系的直接媒介，要么就什么也不是。这一点，在experiment之前，我就知道了。

只有海伦·拉戈奈尔在这个法则上没有犯过错误。她还滞留在童年时期。

很久以来我都没有自己合身的连衫裙。我的连衫裙像是一些口袋，它们是我母亲的旧连衫裙改的，它们本来就像是一些口袋。我母亲让阿杜给我做的不在此列。阿杜是和我母亲形影不离的女管家，即便母亲回到法国，即便我的大哥在沙沥母亲工作的住处企图强奸她，即便不给她发工钱，她也是不肯离开我的母亲的。阿杜是在修女嬷嬷那里长大成人的，她会刺绣，还会在衣衫上打褶，手工针线活几个世纪以来已经没有人去做了，但是她依然拿着头发丝那样细的针做得一手好针线。她因为会刺绣，我母亲就叫她在床单上绣花。她会打褶，我母亲就让我穿她做的打褶连衫裙，有绉边的连衫裙，我穿起来就像穿上布袋子一样，早就不时兴了，像小孩穿的衣服，前身两排褶子，娃娃领口，要么把裙子拼幅缝成喇叭形，要么有镶斜边的飘带，做成像“时装”那样。我穿这种像口袋似的连衫裙总要系上腰带，让它变化出一个样子来，所以这种衣服就永远穿下去了。

才十五岁半。体形纤弱修长，几乎是瘦弱的，胸部平得和小孩的前胸一样，搽着浅红色脂粉，涂着口红。加上这种装束，简直让人看了可笑。当然没有人笑过。我看，就是这样一副模样，是很齐备了。就是这样了，不过戏还没有开场，我睁着眼睛看，把这一切都看在眼里。我想写作。这一点我那时已经对我母亲讲了：我想做的就是这个，写文章，写作。第一次没有反应，不回答。后来她问：写什么？我说写几本书，写小说。她冷冷地说：数学教师资格会考考过以后，你愿意，你就去写，那我就不管了。她是反对的，她认为写作没有什么价值，不是工作，她认为那是胡扯淡——她后来对我说，那是一种小孩子的想法。

这样一个戴呢帽的小姑娘，伫立在泥泞的河水的闪光之中，在渡船的甲板上孤零零一个人，臂肘支在船舷上。那顶浅红色的男帽形成这里的全部景色。是这里惟一的色彩。在河上雾蒙蒙的阳光下，烈日炎炎，河两岸仿佛隐没不见，大河像是与远天相接。河水滚滚向前，寂无声息，如同血液在人体里流动。在河水之上，没有风吹动。渡船的马达是这片景色中发出的惟一声响，是连杆熔化的旧马达发出的噪音。还有各种不同的声音从远处阵阵传送过来。其次是犬吠声，从隐蔽在薄霭后面的村庄传出来的。小姑娘自幼就认识这渡船的艄公。艄公向她笑着致意，向她打听校长夫人、她的母亲的消息。他说他经常看见她在晚上搭船渡河，说她常常到柬埔寨租让地去。小姑娘回答说母亲很好。渡船四周的河水齐着船沿，汹涌地向前流去，水流穿过沿河稻田中停滞的水面，河水与稻田里的静水不相混淆。河水从洞里萨、柬埔寨森林顺流而下，水流所至，不论遇到什么都给卷去。不论遇到什么，都让它冲走了，茅屋，丛林，熄灭的火烧余烬，死鸟，死狗，淹在水里的虎、水牛，溺水的人，捕鱼的饵料，长满水风信子的泥丘，都被大水裹挟而去，冲向太平洋，连流动的时间也没有，一切都被深不可测、令人昏眩的旋转激流卷走了，但一切仍浮在河流冲力的表面。

我曾经回答她说，我在做其他一切事情之前首先想做的就是写书，此外什么都不做，什么都不做。她，她是妒忌的。她不回答，就那么看了我一眼，视线立刻转开，微微耸耸肩膀，她那种样子我是忘不了的。我可能第一个离家出走。我和她分开，她失去我，失去这个女儿，失去这个孩子，那是在几年之后，还要等几年。对那两个儿子，没有什么可忧虑的。但这个女儿，她知道，总有一天，她是要走的，总有一天，时间一到，就非走不可。她法文考第一名。校长告诉她说：太太，你的女儿法文考第一名。我母亲什么也没有说，一句话也没有说，她并不满意，因为法文考第一的不是她的儿子，我的母亲，我所爱的母亲啊，卑鄙卑鄙，她问：数学呢？回答说：还不行，不过，会行的。我母亲又问：什么时候会行呢？回答说：太太，她什么时候想要什么时候就会行的。

我所爱的母亲，她那一身装束简直不可思议，穿着阿杜补过的线袜，即使在热带她也认为身为学校校长就非穿袜子不可，她的衣衫看上去真可怜，不像样，阿杜补了又补，她娘家在庇卡底[①]乡下，家里姐姐妹妹很多，她从家乡直接来到这里，带来的东西都用尽了，她认为她这身打扮是理所当然的，是符合她的身份的，她的鞋，鞋都穿坏了，走起路来歪着两只脚，真伤脑筋，她头发紧紧地梳成一个中国女人的发髻，她那副样子看了真叫我们丢脸，她走过我们中学前面的大街，真叫我难为情，当她乘B12路在中学门前下车时，所有的人都为之侧目，她呢，她一无所知，都看不见，真该把她关起来，狠狠地揍，杀掉。她眼睛看着我，她说：你是不是要逃走呀。打定主意，下定决心，不分日夜，就是这个意念。不要求取得什么，只求从当前的处境中脱身而去。

---

① Picardie，法国北部旧省。

当我的母亲从绝望的心境摆脱出来，恢复常态，她就注意到那顶男人戴的呢帽和有镶金条带的高跟鞋了。她问我这行不行。我说无所谓。她两眼看着我，她喜欢这么办，脸上有了笑容。她说挺好的，你穿这双鞋、戴这顶帽子挺好，变了一个模样了。她不问是不是她去买，她知道反正她买就是了。她知道她买得起，她知道有时她也是能够买的，逢到这样的时机我就说话了，我想要什么都可以从她那里搞到手，她不会不同意。我对她说：放心吧，一点不贵。她问在哪里卖。我说在卡蒂纳大街，大拍卖。她好意地望着我。她大概觉得小女儿这种奇怪的想法、变出花样来打扮自己，倒是一个令人鼓舞的征象。别看她那种寡妇似的处境，一身上下灰溜溜的，活像一个还俗的出家人，她不仅接受我这种奇形怪状、不合体统的打扮，而且这种标新立异她自己也喜欢。

戴上一顶男人戴的帽子，贫穷仍然把你紧紧捆住并没有放松，因为家里总需有钱收进，无论如何，没有钱是不行的。包围这一家人的是大沙漠，两个儿子也是沙漠，他们什么也不干，那块盐碱地也是沙漠，钱是没有指望的，什么也没有，完了。这个小姑娘，她也渐渐长大了，她今后也许可能懂得这样一家人怎样才会有钱收进。正是这个原因，母亲才允许她的孩子出门打扮得像个小娼妇似的，尽管这一点她并不自知。也正是这个缘故，孩子居然已经懂得怎么去干了，她知道怎样叫注意她的人去注意她所注意的钱。这样倒使得母亲脸上也现出了笑容。

后来她出去搞钱，母亲不加干预。孩子也许会说：我向他要五百皮阿斯特准备回法国。母亲说：那好，在巴黎住下来需要这个。她说：五百皮阿斯特可以了。她的孩子，她知道自己在干什么，她知道如果她真敢那么做，如果她有力量，如果思想引起的痛苦不是每天都把人折磨得死去活来，母亲一定也会选择她的孩子走的这条路。

在我写的关于我的童年的书里，什么避开不讲，什么是我讲了的，一下我也说不清，我相信对于我们母亲的爱一定是讲过的，但对她的恨，以及家里人彼此之间的爱讲过没有我就不知道了。不过，在这讲述这共同的关于毁灭和死亡的故事里，不论是在什么情况下，不论是在爱或是在恨的情况下，都是一样的，总之，就是关于这一家人的故事，其中也有恨，这恨可怕极了，对这恨，我不懂，至今我也不能理解，这恨就隐藏在我的血肉深处，就像刚刚出世只有一天的婴儿那样盲目。恨之所在，就是沉默据以开始的门槛。只有沉默可以从中通过，对我这一生来说，这是绵绵久远的苦役。我至今依然如故，面对这么多受苦受难的孩子，我始终保持着同样的神秘的距离。我自以为我在写作，但事实上我从来就不曾写过，我以为在爱，但我从来也不曾爱过，我什么也没有做，不过是站在那紧闭的门前等待罢了。

我在湄公河上搭渡船过河的那天，也就是遇到那部黑色利穆新小汽车的那天，为拦海修堤买的那块租让地我母亲那时还没有决定放弃。那时，像过去一样，我们三个人常常是黑夜出发，一同上路，到海堤那里去住几天。在那里，我们在般加庐[①]的游廊上住宿，前面就是暹罗山。然

① Bungalow，一种带游廊的平房，在印度一带常见。

后，我们又离开那里，回家去。母亲在那里分明没有什么事情可做，但还是一去再去。我的小哥哥和我，同她一起住在前廊里，空空张望着面前的森林。现在我们已经长大，再也不到水渠里去洗澡了，也不到河口沼泽地去猎黑豹了，森林也不去了，种胡椒的小村子也不去了。我们周围的一切也长大了。小孩都看不见了，骑在水牛背上或别处的小孩都看不到了。人们身上似乎都沾染了某种古怪的特征，我们也是这样，我母亲身上那种疏懒迟钝，在我们身上也出现了。在这个地方，人们什么都不知道，只是张望着森林，空空等待，哭泣。低洼地肯定是没有指望了，雇工只能到高处小块土地上耕种，种出的稻谷归他们所有，他们人还留在那里，拿不到工钱，我母亲叫人盖起茅屋，用来作为他们栖身之地。他们看重我们，仿佛我们也是他们家族中的成员，他们能够做的就是看管那里的般加庐，现在仍然由他们看管。尽管贫穷，碗里倒不缺什么。屋顶长年累月被雨水浸蚀朽坏，逐渐消失了。但屋里的家具擦洗得干干净净。般加庐的外形仍在，清晰得像是一幅画，从大路走过就可以看见。屋门每天都敞开着，让风吹进室内，使房屋内外的木料保持干燥。傍晚关门闭户，以防野狗、山里的私贩子闯入。

所以，你看，我遇到坐在黑色小汽车里的那个有钱的男人，不是像我过去写过的那样在云壤[1]的餐厅里，而是在我们放弃那块租地之后，在两或三年之后，我是说在那一天，是在渡船上，是在烟雾蒙蒙、炎热无比的光线之下。

我的母亲就是在这次相遇之后一年半带我们回法国的。她把她所有家具用物全部卖掉了。最后她又到大堤去了一次，最后一次。她坐在游廊下面，面对着夕照，再一次张望暹罗那一侧，这是最后一次，以后就没有再去，尽管她后来改变想法，又离开法国，再次回到印度支那，在西贡退休，此后她就没有再到那里去过，再去看那里的群山，那里大森林上空黄黄绿绿的天宇。

是的，就让我说出来吧，在她这一生之中，即使让她再从头开始，那也是太晚了，迟了。她是办过一所专教法语的

① Réam，在今柬埔寨磅逊湾，与磅逊相近。此处所写可能指殖民地滨海城市休闲娱乐的去处。

专科学校，叫做新法语学校，这样可以让她拿出一部分钱来供给我读书，维持她的大儿子的生活，一直到她死去。

我的小哥哥得了支气管肺炎，病了三天，因心力不支死去。正是在这个时候，我离开了我的母亲。那是在日本占领时期。由此开始，一切都已告一结束。关于我们这些孩子的童年生活，关于她自己，我从来没有问过她。小哥哥一死，对我来说，她应该也是死了。同样，我的大哥，也可以说是死了。这一来，他们加之于我的恐惧感，我始终没有能克服。他们对于我从此不再有什么重大关系了。从此以后，对于他们我也无所知了。她究竟是怎样还清她欠印度商人的债务的，我一直不知道。反正有那么一天，他们不再来了，此后也没有再来讨债。我见过他们。他们坐在沙沥我家的小客堂间，穿着白缠腰布，他们坐在那里不说什么，几个月、几年时间，一直是这样。只见母亲又是哭，又是闹，骂他们，她躲在她的房间里，她不愿意出来，她吼叫着，叫他们走，放开她，他们只当什么也没有听到，面带笑容，安安静静，坐在那里不动。后来，有一天，他们都不见了，不来了。现在，母亲和两个哥哥，都已不在人世。即使回首往事，也嫌迟了。现在，我对他们已经无所爱。我根本不知道我是不是爱过他们。我已经离开他们。在我头脑里，她的皮肤的气味，早已没有、不存在了，在我的眼里，她眼睛的颜色也早已无影无踪。那声音，我也记不得了，有时，我还能想起傍晚那种带有倦意的温煦。那笑声，是再也听不到了，笑声，哭声，都听不到了。完了，完了，都忘了，都记不起来了。所以，我现在写她是这么容易，写得这么长，可以一直写下去，她已经变成文从字顺的流畅文字了。

从一九三二到一九四九年，这个女人大概一直是住在西贡。我的小哥哥是在一九四二年十二月死的。那时，不论什么地方她都不能去了。她滞留在那边，已经接近坟墓，半截入土了，这是她说的。后来，她终于又回到法国来。我们相见的时候，我的儿子才两岁。说是重逢，也未免来得太迟。只要看上一眼，就可以了然。重逢已经没有任何意义了。除去那个大儿子，其他一切都已经完结。她在卢瓦尔－歇尔省[1]住在一处伪造的路易十四城堡中生活了一个时期，后来死在那里。她和阿杜住在一起。在夜里她仍然是什么都怕。她还买了一条枪。阿杜在城堡最高层顶楼房间里警戒。她还为她的大儿子在昂布瓦斯[2]附近买了一处产业。他在那里还有一片树林。他叫人把林木伐下。他在巴黎一个俱乐部赌牌。一夜之间就把这一片树林输掉了。讲到这个地方，我的回忆有一个转折，也许正是在这里我这个哥哥让我不禁为之流泪了，那是卖去木材的钱都输光以后的事。我记得有人在蒙帕纳斯圆顶咖啡馆门前发现他倒在他的汽车里，这时他已别无他想，只求一死。以后，关于他，我就无所知了。母亲做的事当然永远都是为了这个大儿子，这个五十岁的大孩子，依然不事生计，不会挣钱，说起来，她所做的一切，简直不可想象，她居然利用她的古堡设法赚钱。她买了几部电热孵化器，安装在古堡底层的大客厅里。一下就孵养雏鸡六百只，四十平方米养六百只小雏鸡。电热红外线操纵她搞得不得法，孵出的小鸡都不能进食。六百只小鸡嘴合不拢，闭不上，都饿死了，她只好罢手，没有再试。我来到古堡的时候，正当鸡雏破壳孵化出来，那真是一个盛大的节日。接着，死雏

① Loir-et-Cher，在法国中部，巴黎之南。
② Amboise，在与卢瓦尔－歇尔省相邻的安德尔－卢瓦尔省境内。

发出臭气，鸡食发出臭气，臭气熏天，我在我母亲的古堡里一吃饭就恶心呕吐。

在她死前最后几个冬天，她把绵羊放到她住的二楼大房间里过夜，在结冰期，让四头到六头绵羊围在她床四周。她把这些绵羊叫做她的孩子。她就是在阿杜和她的这些孩子中间死去的。

就在那个地方，她最后住过的那座大房子，就是在卢瓦尔的那个假古堡，这个家庭各种事情已经到了终点，她不停地去去来来到处奔波，这时已告结束，就在这个时候，我才第一次真正弄清楚那种疯狂。我看到我的母亲真是疯了。我看阿杜和我的哥哥也一直在发病，也是这种疯病。我么，我没有病，从来不曾看到有这种病。我并没有亲眼看到我母亲处于疯狂状态。但她确实是一个疯人。生来就是疯人。血液里面就有这种疯狂。她并没有因疯狂而成为病人，她是疯狂地活着，就像过着健康生活一样。她是同阿杜和大儿子一起生活过来的。只有在他们之间，他们是知己，互相了解。过去她有很多朋友，这种友谊关系保持多年，并且从到这个偏远地区来的人中间，还结识了一些新朋友，大多是年轻的朋友，后来在都兰[①]的人中间也认识了一些人，他们中间有的是从法属殖民地回来的退休人员。她能把这些人吸引在自己身边，什么年龄的人都有，据他们说，就是因为她为人聪明，又那么机敏，又十分愉快，就因为这种不会让人感到厌倦的无与伦比的天性。

那张表现绝望情境的照片是谁拍的，我不知道。就是在河内住处庭院里拍的那张照片。也许是我父亲拍的，是他最后一次拍照也说不定。因为健康的原因，他本来再过几个月就要回国，回到法国去。在此之前，他的工作有调动，派他到金边去任职。他在那里只住了几个星期。后来，不到一年，他就死了。我母亲不同意和他一起回国，就在那里留下来了，她就留在那里没有走。在金边。那是湄公河畔一座很好的住宅，原是柬埔寨国王的故宫，坐落在花园的中心，花园方圆有若干公顷，看上去是怕人的，我母亲住在里面感到害怕。那座大宅子，在夜里，是让我

① Touraine，法国旧省，大体包括今安德尔－卢瓦尔省与卢瓦尔－歇尔省。

们害怕。我们四个人睡在同一张床上。在夜里，她说她怕。我母亲就是在这个大宅子里面得到父亲的死讯的。在接到电报之前，她已经知道父亲死了，前一天夜晚已经见到征兆，只有她一个人看到，只有她一个人能听到，是一只飞鸟半夜三更失去控制狂飞乱叫，飞到王宫北向那间大办公室里消失不见了，那原是我父亲办公事的地方。在她的丈夫过世几天之后，仍然是在这个地方，也是在半夜，我母亲又面对面看到了她的父亲，她自己的生身之父。她把灯点上。他依然还在。他站在桌子的一侧，在王宫八角大厅里。他望着她。我记得我听到一声尖叫，一声呼救。她把我们都吵醒了，她给我们讲了这个故事，讲他穿什么衣服，穿的是星期日穿的服装，灰色的，又讲他是怎么站的，还有他那种眼神，怎样直直地望着她。她说：我叫他了，就像我小时候叫他那样。她说：我不怕。那个人影后来渐渐隐没，她急忙追上去。两个人都死于飞鸟出现、人影显现的那个日期和时间。由此，对于母亲的预知能力，对万事万物以及死亡都能预见，我们当然是十分敬服的。

那个风度翩翩的男人从小汽车上走下来，吸着英国纸烟。他注意着这个戴着男式呢帽和穿镶金条带的鞋的少女。他慢慢地往她这边走过来。可以看得出来，他是胆怯的。开头他脸上没有笑容。一开始他就拿出一支烟请她吸。他的手直打颤。这里有种族的差异，他不是白人，他必须克服这种差异，所以他直打颤。她告诉他说她不吸烟，不要客气，谢谢。她没有对他说别的，她没有对他说不要啰嗦，走开。因此他的畏惧之心有所减轻，所以他对她说，他以为自己是在做梦。她没有答话。也不需要答话，回答什么呢。她就那么等着。这时他问她：那么你是从哪儿来？她说她是沙沥女子小学校长的女儿。他想了一想，他说他听人谈起过校长夫人，她的母亲，讲到她在柬埔寨买的租让地上运气不佳，事情不顺利，是不是这样？是的，是这样。

他一再说在这渡船上见到她真是不寻常。一大清早，一个像她这样的美丽的年轻姑娘，就请想想看，一个白人姑娘，竟坐在本地人的汽车上，真想不到。

他对她说她戴的这顶帽子很合适，十分相宜，是……别出心裁……一顶男帽，为什么不可以？她是这么美，随她怎样，都是可以的。

她看看他。她问他，他是谁。他说他从巴黎回来，他在巴黎读书，他也住在沙沥，正好在河岸上，有一幢大宅，还有带蓝瓷栏杆的平台。她问他，他是什么人。他说他是中国人，他家原在中国北方抚顺。你是不是愿意让我送你到西贡，送你回家？她同意了。他叫司机把姑娘的几件行李从汽车上拿下来，放到那部黑色小汽车里去。

中国人。他属于控制殖民地广大居民不动产的少数中国血统金融集团中一员。他那天过湄公河去西贡。

她上了黑色的小汽车。车门关上。恍惚间，一种悲戚之感，一种倦怠无力突然出现，河面上光色也暗了下来，光线稍稍有点发暗。还略略有一种听不到声音的感觉，还有一片雾气正在弥漫开来。

从此以后我就再也不需搭乘本地人的汽车出门了。从此以后我就算是有了一部小汽车，坐车去学校上课，坐车回寄宿学校了。以后我就要到城里最讲究的地方吃饭用餐。从此以后，我所做的事，对我所做的这一切，我就要终生抱憾，惋惜不已了；我还要为我留下的一切，为我所取得的一切，不论是好是坏，还有汽车，汽车司机，和他一起说笑，还有本地人乘的汽车车座后面那些嚼槟榔的老女人，还有坐在车子行李架上的小孩，在沙沥的家，对沙沥那个家族的憎恶、恐惧，还有他那很是独特的无言沉默，我也要抱憾终生，只有惋惜了。

他在讲话。他说他对于巴黎，对于非常可爱的巴黎女人，对于结婚，丢炸弹事件，哎呀呀[1]，还有学士院，圆厅咖啡馆，都厌倦了。他说，我么，我宁可喜欢圆厅，还有夜总会，这种“了不起”的生活，这样的日子，他过了整整两年。她听着，注意听他那长篇大论里面道出的种种阔绰的情况，听他这样讲，大概可以看出那个开销是难以计数的。他继续讲着。他的生母已经过世。他是独养儿子。他只有父亲，他的父亲是很有钱的。他的父亲住在沿河宅子里已有十年之久，鸦片烟灯一刻不离，全凭他躺在床上经营他那份财产，这你是可以了解的。她说她明白。

① 这是巴黎人说话的口气。

后来，他不允许他的儿子同这个住在沙沥的白人小娼妇结婚。

那样的形象早在他走近站在船舷前面白人女孩子之前就已经开始形成，当时，他从黑色小汽车走下来，开始往她这边走过来，走近她，当时，她就已经知道他心有所惧，有点怕，这，她是知道的。

从一开始，她就知道这里面总有着什么，就像这样，总有什么事发生了，也就是说，他已经落到她的掌握之中。所以，如果机遇相同，不是他，换一个人，他的命运同样也要落在她的手中。同时，她又想到另一件事，就是说，以后，那个时间一定会到来，到时对自己担负的某些责任她也是决不可规避的。她明白，这件事决不可让母亲知道，两个哥哥也决不能知道，这一点在那一天她就已经考虑到了。她上了那部黑色的小汽车，她心里很清楚，这是她第一次避开她家做的事，由此开始，这也就成了永远的回避。从此以后，她发生什么事，他们是再也不会知道了。有人要她，从他们那里把她抢走，伤害她，糟蹋她，他们是再也不会知道了。不论是母亲，或是两个哥哥，都不会知道了。他们的命运从此以后也是注定了。坐在这部黑色小汽车里真该大哭一场。

现在，这个孩子，只好和这个男人相处了，第一个遇到的男人，在渡船上出现的这个男人。

这一天，是星期四，事情来得未免太快。以后，他天天都到学校来找她，送她回宿舍。后来，有一次，星期四下午，他到宿舍来了。他带她坐黑色小汽车走了。

到了堤岸[①]。这里与连结中国人居住区和西贡中心地带的大马路方向相反，这些美国式的大马路上电车、人力车、汽车川流不息。下午，时间还早。住在寄宿学校的女学生规定下午休息散步，她逃脱了。

那是城内南部市区的一个单间公寓。这个地方是现代化的，室内陈设可说是速成式的，家具都是现代式样。他说：我没有去选一些好的家具。房间里光线暗暗的，她也没有要他打开百叶窗。她有点茫然，心情如何也不怎么明确，既没有什么憎恶，也没有什么反感，欲念这时无疑已

---

① Cholen，距西贡有两公里。

在。对此她并不知道。昨天晚上，他要求她来，她同意了。到这里来，不得体，已经来了，也是势所必然。她微微感到有点害怕。事实上这一切似乎不仅与她期望的相一致，而且恰恰同她的处境势必发生的情势也相对应。她很注意这里事物的外部情况，光线，城市的喧嚣嘈杂，这个房间正好沉浸在城市之中。他，他在颤抖着。起初他注意看着她，好像在等她说话，但是她没有说话。于是他僵在那里再也不动了，他没有去脱她的衣服，只顾说爱她，疯了似地爱她，他说话的声音低低的。随后他就不出声了。她没有回答他。她本来可以回答说她不爱他。她什么也没有说。突然之间，她明白了，就在一刹那之间，她知道：他并不认识她，永远不会认识她，他也无法了解这是何等的邪恶。为了诱骗她，转弯抹角弄出多少花样，他，他还是不行，他没有办法。独有她懂得。她行，她知道。由于他那方面的无知，她一下明白了：在渡船上，她就已经喜欢他了。他讨她欢喜，所以事情只好由她决定了。

她对他说：我宁可让你不要爱我。即便是爱我，我也希望你像和那些女人习惯做的那样做起来。他看着她，仿佛被吓坏了，他问：你愿意这样？她说是的。说到这里，他痛苦不堪，在这个房间，作为第一次，在这一点上，他不能说谎。他对她说他已经知道她不会爱他。她听他说下去。开始，她说她不知道。后来，她不说话，让他说下去。

他说他是孤独一个人，就孤零零一个人，再就是对她的爱，这真是冷酷无情的事。她对他说：她也是孤独一个人。还有什么，她没有讲。他说：你跟我到这里来，就像是跟任何一个人来一样。她回答说，她无法知道，她说她还从来没有跟什么人到过一个房间里。她对他说，她不希望他只是和她说话，她说她要的是他带女人到他公寓来习惯上怎么办就怎么办。她要他照那样去做。

他把她的连衫裙扯下来，丢到一边去，他把她的白布三角裤拉下，就这样把她赤身抱到床上。然后，他转过身去，退到床的另一头，哭起来了。她不慌不忙，既耐心又坚决，把他拉到身前，伸手给他脱衣服。她这么做着，两眼闭起来不去看。不慌不忙。他有意伸出手想帮她一下。她求他不要动。让我来。她说她要自己来，让她来。她这样做着。她把他的衣服都脱下来了。这时，她要他，他在床上移动身体，但是轻轻地，微微地，像是怕惊醒她。

肌肤有一种五色缤纷的温馨。肉体。那身体是瘦瘦的，绵软无力，没有肌肉，或许他有病初愈，正在调养中，他没有胡髭，缺乏男性的刚劲，只有生殖器是强有力的，人很柔弱，看来经受不起那种使人痛苦的折辱。她没有看他的脸，她没有看他。她不去看他。她触摩他。她抚弄那柔软的生殖器，抚摩那柔软的皮肤，摩挲那黄金一样的色彩，不曾认知的新奇。他呻吟着，他在哭泣。他沉浸在一种糟透了的爱情之中。

他一面哭，一面做着那件事。开始是痛苦的。痛苦过后，转入沉迷，她为之一变，渐渐被紧紧吸住，慢慢地被抓紧，被引向极乐之境，沉浸在快乐之中。

大海是无形的，无可比拟的，简单极了。

在这一时刻到来之前，在渡船上，那形象就已经先期进到现在的这一瞬间。

那个穿着打补丁袜子的女人的形象也曾在这房间里闪

现。她终于也像一个少女那样显现出来。两个儿子早已知道此事。女儿还自懵然不知。这兄妹三人在一起从来没有谈过他们的母亲，也没有讲过他们对母亲的这种认识，正因为这种认识才使他们和她分隔开来，这决定性的，终极的认识，那就是关于母亲的童年的事。

母亲不知道世界上有这种快乐存在。

我不知道我在出血。他问我痛不痛，我说不痛，他说他很高兴。

他把血擦去，给我洗净。我看着他做这些事。他又回来，好像是无动于衷似的，他又显得很是诱人。我心想，我母亲给我规定的禁令，我怎么抵制得了。心是平静的，决心已经下定。我又怎么能做到把“这样的意念坚持到底”呢。

我们对看着。他抱着我的身体。他问我为什么要来。我说我应该来，我说这就好比是我应尽的责任。这是我们第一次这样说话。我告诉他我有两个哥哥。我说我们没有钱。什么都没有。他认识我的大哥，他在当地鸦片烟馆遇到过他。我说我这个哥哥偷我母亲钱，偷了钱去吸鸦片，他还偷仆人的，我说烟馆老板有时找上门来问我母亲讨债。我还把修海堤的事讲给他听。我说我母亲快要死了，时间不会拖得很久。我说我母亲很快就要死了，也许和我今天发生的事有关联。

我觉得我又想要他。

他很可怜我，我对他说：不必，我没有什么好可怜的，除了我的母亲，谁也不值得可怜。他对我说：是因为我有钱，你才来的。我说我想要他，他的钱我也想要，我说当初我看到他，他正坐在他那辆汽车上，本来就是有钱的，那时候我就想要他，我说，如果不是这样，我也不可能知道我究竟该怎么办。他说：我真想把你带走，和你一起走。我说我母亲没有因痛苦而死去，我是不能离开她的。他说一定是他的运气太坏了，不能和我在一起，不过，钱他会给我的，叫我不要着急。他又躺下来。我们再一次沉默了。

城里的喧闹声很重，记得那就像一部电影音响放得过大，震耳欲聋。我清楚地记得，房间里光线很暗，我们都没有说话，房间四周被城市那种持续不断的噪音包围着，城市如同一列火车，这个房间就像是在火车上。窗上都没有嵌玻璃，只有窗帘和百叶窗。在窗帘上可以看到外面太阳下人行道上走过的错综人影。过往行人熙熙攘攘。人影规则地被百叶窗横条木划成一条条的。木拖鞋声一下下敲得你头痛，声音刺耳，中国话说起来像是在吼叫，总让我想到沙漠上说的语言，一种难以想象的奇异的语言。

外面，白日已尽。从外面的种种声响，行人越来越多，越来越杂沓，可以听得出来。这是一个寻欢作乐的城市，入夜以后，更要趋向高潮。现在，夕阳西下，黑夜已经开始了。

这床与那城市，只隔着这透光的百叶窗，这布窗帘。没有什么坚固的物质材料把我们同他人隔开。他们不知道我们的存在。我们，我们可以察觉他们的什么东西，他们发出的声音，全部声响，全部活动，就像一声汽笛长鸣，声嘶力竭的悲哀的喧嚣，但是没有回应。

房间里有焦糖的气味侵入，还有炒花生的香味，中国菜汤的气味，烤肉的香味，各种绿草的气息，茉莉的芳香，飞尘的气息，乳香的气味，烧炭发出的气味，这里炭火是装在篮子里的，炭火装在篮中沿街叫卖，所以城市的气味就是丛莽、森林中偏僻村庄发出的气息。

恍惚之间，我看见他身上穿着一件黑色浴衣。他坐在那里，在喝威士忌，抽烟。

他告诉我：我刚才睡着了，他洗了一个澡。我刚才只是恍惚觉得有些睡意。他在矮矮的小桌上点起了一盏灯。

我突然转念在思忖这个人，他有他的习惯，相对来说，他大概经常到这个房间来，这个人大概和女人做爱不在少数，他这个人又总是胆小害怕，他大概用多和女人做爱的办法来制服恐惧。我告诉他我认为他有许多女人，我喜欢我有这样的想法，混在这些女人中间不分彼此，我喜欢我有这样的想法。我们互相对看着。我刚刚说的话，他理解，他心里明白。相互对视的目光这时发生了质变，猛可之间，变成虚伪的了，最后转向恶，归于死亡。

我叫他过来，我说，他必须再抱我。他移身过来。英国烟的气味很好闻，贵重原料发出的芳香，有蜜的味道，他的皮肤透出丝绸的气息，带柞丝绸的果香味，黄金的气味。他是诱人的。我把我对他的这种欲望告诉他。他对我说再等一等。他只是说着话。他说从渡河开始，他就明白了，他知道我得到第一个情人后一定会是这样，他说我爱的是爱情，他说他早就知道，至于他，他说我把他骗了，所以像我这种人，随便遇到怎样一个男人我都是要骗的。他说，他本人就是这种不幸的证明。我对他说，他对我讲的这一切真叫我高兴，这一点我也对他说了。他变得十分粗鲁，他怀着绝望的心情，扑到我身上，咬我的胸，咬我不成形的孩子那样的乳房，他叫着，骂着。强烈的快乐使我闭上了眼睛。我想：他的脾性本是如此，在生活中他就是这样做的，也是这样爱的，如此而已。他那一双手，出色极了，真是内行极了。我真是太幸运了，很明显，那就好比是一种技艺，他的确有那种技艺，该怎么做，怎么说，他不自知，但行之无误，十分准确。他把我当作妓女，下流货，他说我是他惟一的爱，他当然应该那么说，就让他那么说吧。他怎么说，就让他照他所说的去做，就让肉体按照他的意愿那样去做，去寻求，去找，去拿，去取，很好，都好，没有多余的渣滓，一切渣滓都经过重新包装，一切都随着急水湍流裹挟而去，一切都在欲望的威力下被冲决。

城市的声音近在咫尺，是这样近，在百叶窗木条上的摩擦声都听得清。声音听起来就仿佛是他们从房间里穿行过去似的。我在这声音、声音流动之中爱抚着他的肉体。大海汇集成为无限，远远退去，又急急卷回，如此往复不已。

我要求他再来一次，再来再来。和我再来。他那样做了。他在血的润滑下那样做了。实际上那是置人于死命的。那是要死掉的。

他点燃一支烟，把烟拿给我吸。对着我的嘴，他放低声音对我讲了。

我也悄声对他说了。

因为，他不知道他自己是怎样的，我站在他的地位上代他讲了，因为，他身上有一种基本的优雅他并不知道，我代他讲了。

现在已经是黄昏时分。他对我说：将来我一生都会记得这个下午，尽管那时我甚至会忘记他的面容，忘记他的姓名。我问自己以后是不是还能记起这座房子。他对我说：好好看一看。我把这房子看了又看。我说这和随便哪里的房间没有什么两样。他对我说，是，是啊，永远都是这样。

我再看看他的面孔，那个名字也要牢记不忘。我又看那刷得粉白的四壁，开向热得像大火炉的户外的窗上挂着的帆布窗帘，通向另一房间和花园的另一扇有拱顶的门，花园在光天化日之下，花木都被热浪烤焦了，花园有蓝色栅栏围住，那栅栏就和湄公河岸上沙沥列有平台的大别墅一模一样。

这里是悲痛的所在地，灾祸的现场。他要我告诉他我在想什么。我说我在想我的母亲，她要是知道这里的真情，她一定会把我杀掉。我见他挣扎了一下，动了一动。接着他说，说他知道我母亲将会怎么说，他说：廉耻丧尽。他说，如果已经结婚，再有那种意念他决不能容忍。我注意看着他。他也在看我，他对这种自尊心表示歉意。他说：我是一个中国人。我们笑了。我问他，像我们，总是这样悲戚忧伤，是不是常有的事。他说这是因为我们在白天最热的时候做爱。他说，事后总是要感到心慌害怕的。他笑着。他说：不管是真爱还是不爱，心里总要感到慌乱，总是害怕的。他说，到夜晚，就消失了，暗夜马上就要来临。我对他说那不仅仅因为是白天，他错了。我说这种悲戚忧伤本来是我所期待的，我原本就在悲苦之中，它原本就由我而出。我说我永远是悲哀的。我说我小的时候拍过一张照片，从照片上我就已经看到这种悲哀。我说今天这份悲哀，我认出它是与生俱来，我几乎可以把我的名字转给它，因为它和我那么相像，那么难解难分。今天，我对他说，这种悲哀无异也是一种安舒自在，一种沦落在灾祸中的安乐，这种灾祸我母亲一直警告我，那时她正在她那荒凉空虚的一生中啼号哭叫，孤苦无告。我告诉他：母亲对我讲的一切，我还不太理解，但是我知道，这个房间是我一直期待着的。我这样诉说着，并不需要回答。我告诉他说，我母亲呼唤的东西，她相信那就是上帝派来的使者。她呼号叫唤，她说不要等待什么，不要期待于任何人，任何国家，任何上帝。他看着我，听着我这样说，眼光一刻也不曾离开我，我说话的时候，他看着我的嘴，我没有穿衣服，赤身在外，他抚摩着我，也许他没有听，有没有听我不知道。我说我并不想搞出祸事来，我觉得那是一个个人的问题。我向他解释，靠我母亲的薪水吃饭穿衣，总之活下去，为什么偏偏这么难。我说着说着说不下去了。他问：那你怎么办？我告诉他：反正我在外面，不在家里，贫穷已经把一家四壁推倒摧毁，一家人已经被赶出门外，谁要怎么就怎么。胡作非为，放荡胡来，这就是这个家庭。所以我在这里和你搞在一起。他压在我身上，猛烈冲撞。我们就这样僵在那里不动了，在外面的城市喧嚣声中呻吟喘息。那闹声我们还听得见。后来，我们就什么也听不见了。

吻在身体上，催人泪下。也许有人说那是慰藉。在家里我是不哭的。那天，在那个房间里，流泪哭泣竟对过去、对未来都是一种安慰。我告诉他说，我终归是要和我的母亲分开的，甚至迟早我会不再爱我的母亲。我哭了。他的头靠在我的身上，因为我哭，他也哭了。我告诉他，在我的幼年，我的梦充满着我母亲的不幸。我说，我只梦见我的母亲，从来梦不到圣诞树，永远只有梦到她，我说，她是让贫穷给活剥了的母亲，或者她是这样一个女人，在一生各个时期，永远对着沙漠，对着沙漠说话，对着沙漠倾诉，她永远都在辛辛苦苦寻食糊口，为了活命，她就是那个不停地讲述自己遭遇的玛丽·勒格朗·德·鲁拜，不停地诉说着她的无辜，她的节俭，她的希望。

暗夜透过百叶窗来到了。嘈杂声有增无减。闹声响亮刺耳，不是低沉的。路灯发红的灯泡亮起来了。

我们从公寓走出来。我依旧戴着那顶有黑饰带的男帽，穿着那双镶金条带的鞋，嘴唇上搽着暗红唇膏，穿着那件绸衫。我变老了。我突然发现我老了。他也看到这一点，他说：你累了。

人行道上，人群杂沓，十分拥挤，人流或急或缓向四面八方涌去，有几股人流推挤出几条通道，就像无家可归的野狗那样肮脏可厌，像乞丐那样盲目又无理性，这里是一群中国人，在当今那繁荣兴旺的景象中我又看到了他们，他们走路的方式从容不迫，在人群嘈杂中，孤身自立，可以说，既不幸福，也不悲戚，更无好奇之心，向前走去又像是没有往前走，没有向前去的意念，不过是不往那边走而从这里过就是了，他们既是单一孤立的，处在人群之中对他们说又从来不是孤立的，他们身在众人之间又永远是孑然自处。

我们走进一家有几层楼的中国饭店，这些中国饭店占有几幢大楼的全部楼面，大得像百货公司，又像军营，面向市面的一面筑有阳台、平台。从这些大楼发出的声音在欧洲简直不可想象，这就是堂倌报菜和厨房呼应的吆喝声。任何人在这种饭店吃饭都无法谈话。在平台上，有中国乐队在奏乐。我们来到最清静的一层楼上，也就是给西方人保留的地方，菜单是一样的，但闹声较轻。这里有风扇，还有厚厚的隔音的帷幔。

我要他告诉我他的父亲是怎么发迹的，怎样阔起来的。他说他讨厌谈钱的事，不过我一定要听，他也愿意把他父亲的财产就他所知讲给我听。事情起于堤岸，给本地人盖房子。他建起住房三百处。有几条街属他所有。他讲法语带有巴黎音稍嫌生硬，讲到钱态度随随便便，态度是真诚的。他父亲卖出原有的房产，在堤岸南部买进土地盖房子。他认为，在沙沥有一些水田已经卖掉了。我问他关于瘟疫的问题。我说我看到许多街道房屋整个从入夜到第二天禁止通行，门窗钉死，因为发现了黑死病。他告诉我这种疾病这里比较少见，这里消灭的老鼠比偏僻地区要多得多。他忽然给我讲起这种住房的故事来了。这种里弄房屋比大楼或独门独户住宅成本要低得多，与独家住户相比，更能满足一般市民居住区居民的需要。这里的居民，特别是穷人家，喜欢聚居，他们来自农村，仍然喜欢生活在户外，到街上去活动。不应当破坏穷苦人的习惯。所以，他的父亲叫人建筑成套的沿街带有骑楼的住房。这样，街道上显得非常敞亮可喜。人们白天在骑楼下生活，天太热，就睡在骑楼下面。我对他说，我也喜欢住在外面走廊里，我说我小的时候，觉得露天睡觉理想极了。突然间，我感到很不好受。只是有点难受，不很厉害。心跳得不对头，就像是移到他给我弄出的新的创口上直跳，就是他，和我说话的这个人，下午求欢取乐的这个人。他说的话我听不进，听不下去了。他看到了，他不说话了。我要他说。他只好说下去。我再次听着。他说他怀念巴黎，想得很多。他认为我和巴黎的女人很不相同，远不是那么乖觉讨喜。我对他说修建房子这笔生意也未必就那么赚钱。他没有再回答我。

在我们交往期间，前后有一年半时间，我们谈话的情形就像这样，我们是从来不谈自己的。自始我们就知道我们两个人共同的未来未可预料，当时我们根本不谈将来，我们的话题就像报纸上的新闻一样，内容相同，推理相逆。

我对他说，他去法国住下来，对他来说是致命的。他同意我的看法。他说他在巴黎什么都可以买到，女人，知识，观念。他比我大十二岁，这让他感到可怕。他说着，我在听，又说什么他是受骗了，还说什么他反正是爱我的，说得很有戏剧味儿，说得既得体又真挚。

我对他说我准备把他介绍给我家里的人，他竟想逃之夭夭，我就笑。

他不擅于表达他的感情，只好采取模仿的办法。我发现，要他违抗父命而爱我娶我、把我带走，他没有这个力量。他找不到战胜恐惧去取得爱的力量，因此他总是哭。他的英雄气概，那就是我，他的奴性，那就是他的父亲的金钱。

先时我讲到我两个哥哥的情况，他已经是很害怕了，他那副假面仿佛给摘掉了。他认为我周围所有的人无不在等待他前去求婚。他知道在我家人的眼里他是没有希望的，他知道对于我一家他只能是更加没有希望，结果只能是连我也失去。

他说他在巴黎是念商科学校，最后他说了真话，他说他什么书也不念，他父亲断了他的生活费，给他寄去一张回程船票，所以他不能不离开法国。召他回家，是他的悲剧。商科学校他没有读完。他说他打算在这里以函授方式学完那里的课程。

和我家人会见是在堤岸请客吃饭开始的。我母亲和哥哥都到西贡来了，我和他说，应该在他们不曾见到过、见识过的中国大饭店请他们吃饭。

几次晚饭请客的经过情况都是一样的。我的两个哥哥大吃大嚼，从不和他说话。他们根本看也不看他。他们不可能看他。他们也不会那样做。如果他们能做到这一点的话，尽力看一看他，那他们在其他方面就可以用功读书了，对于社会生活基本准则他们也就可以俯首就范了。在吃饭的时候，只有我母亲说话，她讲得也很少，起初尤其是这样，她对送上来的菜肴讲上那么几句，对价格昂贵讲一讲，接下去，就缄口不说了。他么，起初两次吃饭，自告奋勇，试图讲讲他在巴黎做的傻事这一类故事，没有成功。似乎他什么也没有说，似乎也没有人听他。沉默之间，几次试图谈话，不幸都没有效果。我的两个哥哥继续大吃大喝，他们那种吃法真是见所未见。

他付账。他算算是多少钱。把钱放在托盘上。所有的人都看着他。第一次，我还记得，付账七十七皮阿斯特。我母亲忍着没有笑出声来。大家站起来就走了。没有人说一声谢谢。我家请客一向不说什么谢谢，问安，告别，寒暄，是从来不说的，什么都不说。

我的两个哥哥根本不和他说话。在他们眼中，他就好像是看不见的，好像他这个人密度不够，他们看不见，看不清，也听不出。这是因为他有求于我，在原则上，我不应该爱他，我和他在一起是为了他的钱，我也不可能爱他，那是不可能的，他或许可能承担我的一切，但这种爱情不会有结果。因为他是一个中国人，不是白人。我的大哥不说话，对我的情人视若无睹，表现出来的态度，是那样自信，真称得上是典范。在我的情人面前，我们也以大哥为榜样，也按照那种态度行事。当着他们的面，我也不和他说话。有我家人在场，我是不应该和他说话的。除非，对了，我代表我的家人向他发出什么信息，比如说，饭后，我的两个哥哥对我说，他们想到泉园去喝酒跳舞，我就转告他说：他们想到泉园去喝酒跳舞。起初他假装没有听明白。我么，按照我大哥的规矩，我不应该也不准重复刚才讲过的话，不许重申我的请求，如果我那样做了，就是犯了错误，他有所不满，我就应当承担一切。最后，他还是给了回话。他的声音低低的，意在表示亲密，他说，他想单独和我在一起待一会儿。他这样说，是想让这种活受罪的场面告一段落。我大概没有听懂他的意思，以为又来了一次背叛行为，似乎他借此指摘我的大哥对他的攻击，指出我大哥的那种行为，所以我根本不应该答话。他呢，他还在不停地说着，他竟敢对我说：你看，你的母亲已经很累了。我们的母亲在吃过堤岸这顿神奇的中国菜之后确实昏昏欲睡。我不再说话。这时候，我听到我的大哥的声音，他短短讲了一句话，既尖刻又决断。我母亲却在说他了，说三个人之中，只有他最会讲话。我的大哥话说过之后，正严阵以待。好像一切都停止不动了似的。我看我的情人给吓坏了，就是我的小哥哥常有的那种恐惧。他不再抵抗了。于是大家动身去泉园。我的母亲也去了，她是到泉园去睡一睡的。

他在我大哥面前已不成其为我的情人。他人虽在，但对我来说，他已经不复存在，什么也不是了。他成了烧毁了的废墟。我的意念只有屈从于我的大哥，他把我的情人远远丢在一边了。我每次看他们在一起，那情景我相信我绝对看不下去。我的情人凭他那荏弱的身体是完全被抹杀了，而他这种柔弱却曾经给我带来欢乐。他在我大哥面前简直成了见不得人的耻辱，成了不可外传的耻辱的起因。对我哥哥这种无声的命令我无力抗争。只有在涉及我的小哥哥的时候，我才有可能去对抗。牵涉到我的情人，我是无法和自己对立的。现在讲起这些事，我仿佛又看到那脸上浮现出来的虚伪，眼望别处心不在焉，心里转着别的心思，不过，依然可以看出来，轻轻咬紧牙关，心中恼怒，对这种卑鄙无耻强忍下去，仅仅为了在高价饭店吃一顿，这种情况看来应当是很自然的。围绕着这样的记忆，是那灰青色的不眠之夜。这就像是发出的尖厉鸣响的警报一样，小孩的尖厉的叫声一样。

在泉园，仍然是谁也不去理睬他。

每个人都叫了一杯马泰尔－佩里埃酒。我的两个哥哥一口喝光，又叫第二杯。我母亲和我，我们把我们的酒拿给他们。两个哥哥很快就喝醉了。他们不仅不和他说话，还不停地骂骂咧咧的。尤其是小哥哥。他抱怨这个地方气闷不快，又没有舞女。不是星期天，泉园来客很少。我和他，我的小哥哥跳舞。我也和我的情人跳了舞。我没有和大哥跳，我从来不和他跳舞。我心里总是又怵又怕，胆战心惊，他这个人行凶作恶不论对谁都做得出，不要去惹他，那是危险的，不能把祸事招引上身。

我们这几个人集合在一起，非常触目，特别是从脸色上看。

这个堤岸的中国人对我说他真想哭，他说，他没有什么对不起他们的。我对他说，不要慌，一向是这样，在我们一家人之间，不论在生活中的什么场合，都是一样，一向是这样。

后来我们又回到公寓，我向他作了解释。我告诉他，我这个哥哥这种粗暴、冷酷、侮慢是因我们而发，冲着我们来的。他第一个动作就是杀人，要你的命，把你这条命抓到手，蔑视你，叫你滚，叫你痛苦。我告诉他不要怕。他，他并没有什么危险。因为这个哥哥只怕一个人，有这人在，很奇怪，他就胆怯，这就是我，他就怕我。

从来不讲什么你好，晚安，拜年。从来不说一声谢谢。从来不说话。从来不感到需要说话。就那么待在那里，离人远远的，一句话不说。这个家庭就是一块顽石，凝结得又厚又硬，不可接近。我们没有一天不你杀我杀的，天天都在杀人。我们不仅互不通话，而且彼此谁也不看谁。你被看，就不能回看。看，就是一种好奇的行动，表示对什么感到兴趣，在注意什么，只要一看，那就表明你低了头了。被看的人根本就不值得去看。看永远是污辱人的。交谈这个字眼是被禁止的。我认为这个字在这里正表示屈辱和骄横。任何一种共同关系，不论是家庭关系还是别的什么，对于我们这一家人来说，都是可憎的，污蔑性的。我们在一起相处因为在原则上非活过这一生并为之深感耻辱不可。我们共同的历史实质上就是这样的，也就是这个虔诚的人物——这个被社会谋害致死的——我们的母亲的三个孩子的共同历史的内涵。我们正是站在社会一边将我们的母亲推向绝境。正因为人们这样对待我们的母亲，她又是这么好，这么一心信任人，所以我们憎恨生活，也憎恨我们自己。

自从母亲陷入绝境，我们将会变成怎样的人，她也无从预料，这里我主要指那两个男孩，她的那两个儿子。如果她能够预见这一切，对于她的故事竟发展到这般地步，她怎么会闭口不说呢？怎么会听任她的面孔、眼睛、声音在那里谎话连篇？她的爱又将如何？她也可能就死了。自杀吧。把这个无法生活的共同关系打散吧。让大的一个和两个小的孩子彻底分开。她没有这样做。她是很不谨慎的，她真没有道理，真不负责任。她是这样。她活下来了。我们三个孩子都爱着她，还不止是爱。正因为这样，她过去、现在都不能保持沉默，躲躲藏藏，说谎骗人，尽管我们三个人没有共同之处，但是我们爱她，这是相同的。

说来话长。已经七年了。这是在我们十岁的时候开始的。后来，我们十二岁了，十三岁了，十四岁，十五岁。再下去，十六岁，十七岁。

前后整整持续了七年。后来，到了最后，是不抱希望了。希望只好放弃。围海造堤的打算，也只好放弃。在平屋前廊的阴影之下，我们空空张望暹罗山，在阳光照耀下，山脉莽莽苍苍，几乎是暗黑色的。母亲终于平静下来，像是被封闭起来一般。我们作为孩子，是无比英勇的，但毫无希望可言。

我的小哥哥死于一九四二年十二月日本占领时期。我在一九三一年第二次会考通过后离开西贡。十年之中，他只给我写过一封信。我一直不知道为什么。信写得很得体，誊清过的，没有错字，按书法字体写的。他告诉我他们很好，学业顺利，是一封写得满满的两页长信。我还认得出他小时候写的那种字体。他还告诉我他有一处公寓房子，一辆汽车，他还讲了车子是什么牌子的。他说他又打网球了。他很好，一切都好。他说他抱吻我，因为他爱我，深深地爱我。他没有谈到战争，也没有提到我们的大哥。

我经常讲到我这两个哥哥。总是把他们合在一起谈，因为我们的母亲是把他们合在一起讲的。我说我的两个哥哥，她在外面也是这样说的，她说：我的两个儿子。她总是以一种伤人的口气讲她两个儿子如何强悍有力。在外面她不讲详情，她不说大儿子比二儿子更加强有力，她说他同她自己的兄弟、北方地区乡下人一样强壮有力。她对她两个儿子那种强有力很是自豪，就像从前为她自己的兄弟强有力感到自豪一样。她和她的大儿子一样，看不起软弱的人。她说起我的堤岸的那个情人，和我哥哥说的如出一辙。她讲的那些字眼我不便写出来。她用的字眼有一个特点：类似沙漠上发现的腐尸那种意思。我说：我的两个哥哥，因为我就是这么说的。后来我不这么说了，因为小哥哥已经长大，而且成了受难牺牲者。

在我们家里，不但从来不庆祝什么节日，没有圣诞树、绣花手帕、鲜花之类，而且也根本没有死去的人，没有坟墓，没有忆念。只有母亲有。哥哥始终是一个杀人凶手。小哥哥就死在这个哥哥手下。反正我是走了，我脱身走了。到小哥哥死后，母亲就属于大哥一人所独有了。

在那个时期，由于堤岸的事，由于那种景象，由于那个情人，我的母亲突然发了一次疯病。堤岸之事，她本来一无所知。但是我发现她在冷眼观察，在注意着我，她怀疑发生了什么事情。她对她的女儿、她的这个孩子是十分了解的，但一个时期以来，在这个孩子周围出现了某种异常气氛，不妨说，特别是最近，有什么瞒着未说，有某种保留，很引人注意，她说话吞吞吐吐，比惯常讲话口气慢得多，本来她对不论什么事都很好奇，现在变得心不在焉，她的眼神也有变化，甚至对她的母亲、她母亲的不幸也采取袖手旁观态度，变成这样一副样子，不妨说发生在她身上的事，她的母亲也被牵连进去了。在她母亲的生活中，一种恐怖感突然出现。她的女儿遭到极大的危险，将要嫁不出去，不能为社会所容，从社会上被剥夺一切，毁了，完了，将成为孤苦伶仃一个人。我母亲几次发病，病一发作，就一头扑到我身上，把我死死抓住，关到房里，拳打，耳光，把我的衣服剥光，俯在我身上又是闻又是嗅，嗅我的内衣，说闻到中国男人的香水气味，进一步还查看内衣上有没有可疑的污迹，她尖声号叫，叫得全城都可以听到，说她的女儿是一个婊子，她要把她赶出去，要看着她死，没有人肯娶她，丧尽廉耻，比一条母狗还不如。她哭叫着，说不把她赶出家门，不许她把许多地方都搞得污秽恶臭，她说，不把她赶走那又怎么行。

我那个哥哥，就站在房门紧闭的房间的墙外。

那个哥哥在房门外边应着母亲，说打得好，打得在理，他说话的声音低沉、温和、亲切，他对母亲说，真相一定要查明，不管付出什么代价，他们非把事情弄个水落石出不可，目的是不要让这小女儿从此毁灭，不要让母亲从此走向绝境。母亲在房间里还是狠命地打。小哥哥大声喊叫，叫母亲不要打了，放开她。他逃到花园里，躲起来，他怕我被杀死，他对这个未可知的人，对我们的哥哥，一向都怕。小哥哥的恐惧使我母亲平息下来。她哭着，哭她一生多灾多难，哭她这个女儿丢人现世。我也和她一起大哭。我说谎了。我发誓说没有事，我什么也没有做，甚至没有接过吻。我说，和一个中国人，你看我怎么能，怎么会和一个中国人干那种事，那么丑，那么孱弱的一个中国人？我知道大哥紧贴在门上，正在侧耳细听，他知道我母亲在干什么，他知道他的妹妹全被剥光，他知道她在挨打，他希望再打下去，直到把她打死。我母亲当然不知我大哥的诡计，黑心的可怕的阴谋。

我们那时都还小。我的两个哥哥经常无缘无故打架，大哥只有一个已成了经典式的借口，他说弟弟你真讨厌，滚出去。话没有说完，就已经动手打了。他们互相扭打，什么话也不说，只听到他们气喘吁吁，口里喊痛，一声声的沉重的拳打脚踢。不论在什么场合、什么时机，我的母亲反正都是这场闹翻天的大戏里面的一个陪衬人物。

两个兄弟天性阴鸷易怒，发起火来，如同恶魔，杀人不眨眼，这种性格只有在这一类兄弟、姐妹、母亲身上可以看到。这个大哥不仅在家里，而且在任何地方，都要逞凶作恶，不能随心所欲、为所欲为就过不去。这个弟弟苦就苦在没有能力参与他哥哥这种可怖的行为，这种计谋。

他们打起来显然双方都一样怕死；母亲说，他们打到最后，总是两败俱伤，他们从来就玩不到一起，也谈不到一起。他们只有一点相同，就是他们都有一个母亲，特别是有这样一个妹妹，此外什么也没有了，除非是流在血管里的血。

我相信，我的母亲只把她那个惟一的大儿子叫做我的孩子。她通常就是这样叫的。另外两个孩子，她说：两个小的。

所有这一切，我们在外面是绝口不谈的，首先有我家生活的根本问题——贫穷，我们必须学会三缄其口。其他方面，也决不外露。最最知心的人——这话可能说得言过其实，是我们的情人，我们在别的地方遇到的人，首先在西贡街上遇到的，其次在邮船、火车上，以及其他任何地方遇到的人。

那天，在午后将尽的时候，我的母亲竟突然心血来潮，特别又是在旱季，她叫大家把房子里面上上下下彻底冲洗一次，她说，洗洗干净，消消毒，清凉清凉。房子原是建筑在高高的土台上的，因为和花园隔开，所以蛇蝎红蚁阻在外面进不来，湄公河洪水泛滥浸不到它，季风时节陆地龙卷风引来的雨水也侵犯不到这里。房屋高出平地，可以用大桶大桶的清水冲洗，把它全浸在水里像花园那样，让它洗一洗也行。椅子全部放在桌上，整幢房子冲得水淋淋的，小客厅里的钢琴的脚也浸在水里。水从台阶上往下流，流满庭院，一直流到厨房。小孩是高兴极了，大家和小孩一起，溅满一身水，用大块肥皂擦洗地面。大家都打赤脚，母亲也一样。母亲笑着。母亲没有不满的话好说了。整个房屋散发出香气，带有暴风雨过后潮湿土地那种好闻的香味，这香味闻起来让人觉得神飞意扬，特别是和别的气味混合在一起，肥皂的香气，纯洁、良善的气息，洗干净的衣物的气息，洁白的气息，我们的母亲的气息，我们母亲那种无限天真的气息——混上这样一些气息，更叫人欣喜欲狂。水一直流到小路上去。小孩的家里人来了，来看的孩子也跑过来了，邻近房子里的白人小孩也来了。我母亲对这乱纷纷的场面很开心很愉快，这位母亲有时是非常高兴非常喜悦的，在什么都忘却的时候，在冲洗房屋这样的时刻，可能与母亲所期求的幸福欢悦最为协调。母亲走进客厅，在钢琴前面坐下来，弹奏她未曾忘却的仅有的几支乐曲，她在师范学校学会记在心里的乐曲。她也唱。有时，她又是奏琴，又是笑。她还站起身来边歌边舞。任何人都会想，她也会想：这不成形的房屋，突然变成了一个水池，河边的田地，浅滩，河岸，在这样的人家里，也能够感受到幸福。

最先是那两个孩子，小姑娘和那个小哥哥，是他们最先回想起这些事的。因此他们的笑容转眼就不见了，他们退避到花园里去，这时在花园中黄昏已经降临了。

在我动笔写这件事的时候，我记得，用水冲洗房子的那天，我们的大哥不在永隆。那时他住在我们的监护人、洛特－加龙省[1]一个村子里的神甫家里。

他有时也是会笑的，不过，不如我们笑得那么欢快。我什么都记不得了，忘了，我竟忘记提上一笔，当时我们是多么爱笑的孩子，我的小哥哥和我，我们一笑就笑得气也喘不过来，这就是生活。

战争我亲眼看见过，那色调和我童年的色调是一样的。我把战时同我大哥的统治混淆不清。这无疑因为我的小哥哥死于战时：是人的心坚持不住，退让了，像我说过的那样。我相信在战时我一直不曾见到那个大哥。他是死是活，知与不知，对我来说已经无关紧要。我看战争，就像他那个人，到处扩张，渗透，掠夺，囚禁，无所不在，混杂在一切之中，侵入肉体、思想、不眠之夜、睡眠，每时每刻，都在疯狂地渴求侵占孩子的身体、弱者、被征服的人民的身躯——占领这最可爱的领地，就因为那里有恶

① Lot-et-Garonne，法国西南省份。

的统治，它就在门前，在威胁着生命。

我们又到公寓去了。我们是情人。我们不能停止不爱。

有时，我不回寄宿学校。我在他那里过夜，睡在他的身边。我不愿意睡在他的怀抱里，我不愿意睡在他的温暖之中。但是我和他睡在同一个房间、同一张床上。有时，我也不去上课。晚上我们到城里去吃饭。他给我洗澡，冲浴，给我擦身，给我冲水，他又是爱又是赞叹，他给我施脂敷粉，他给我穿衣，他爱我，赞美我。我是他一生中最最宠爱的。我如遇到别的男人，他就怕，这样的事我不怕，从来不怕。他还另有所惧，他怕的不是因为我是白人，他怕的是我这样年幼，事情一旦败露，他会因此获罪，被关进监牢。他要我瞒住我的母亲，继续说谎，尤其不能让我大哥知道，不论对谁，都不许讲。我不说真话，继续说谎，隐瞒下去。我笑他胆小怕事。我对他说，母亲穷都穷死了，不会上诉公庭，事实上，她多次诉讼多次败诉，她要控告地籍管理人，控告董事会董事，控告殖民政府官员，她要控告法律，她束手无策，不知如何是好，只有隐忍等待，空等下去，她没有办法，只有哭叫，最后，时机错过，一场空。即使这件事上诉公庭，同样也不会有着落，用不着害怕。

玛丽－克洛德·卡彭特。她是美国人，我相信我记得不错，她是从波士顿来的。她的眼睛灰蓝，清澈明亮。那是在一九四三年。玛丽－克洛德·卡彭特，满额金发，又有点憔悴。仍然很美，我认为她很美。她有一个特点，总是仓促一笑，笑容一闪就不见了。她说话的声音，我忽然想起，是低音的，发高音时，有些不谐调。她已经四十五岁，年纪不小，就是这个年纪。她家在阿尔玛桥附近，在十六区。大楼面临塞纳河，公寓就在大楼的最高一层，楼面宽敞。冬天，大家常到她家去吃晚饭。夏天，常常到她那里去吃午饭。饭菜是从巴黎最好的饭店老板那里定的。饭菜很不错，不过，不很够吃。只有在她家里才能见到她，她总是守在家里，在外面见不到她。在她的饭桌上，有时有一位马拉美派诗人。在她家常常有三两位文学家来吃饭，他们露面一次，以后再也不见踪影。不知她是从哪里找到他们、怎么认识他们的，又为什么请他们到家里来，弄不清楚。我从来不曾听到有人谈起他们，也没有读过或听人谈起他们的作品。饭局匆匆，时间不长。听大家谈话，战争谈得很多，主要是讲斯大林格勒，那是在一九四二年冬末。玛丽－克洛德·卡彭特这类事听到的不少，她打听到的这类消息也很多，可是她谈得很少，她常常为竟然不知这些事而感到惊异，她笑着。饭一吃好，她就告退，说有事要办，必须先走，她说。什么事，从来不讲。如果人相当不少，在她走后大家就留一两个小时。她对我们说：愿意留多久就请留多久，多坐一会儿。她走后，也没有谁谈起她。其实我也知道，谈也无从谈起，因为谁都不了解她。大家走后，回到自己的住处，都有这样一种异样的心情，仿佛做了一个噩梦，同不相识的人厮混了几个小时，明知大家彼此一样，素昧生平，互不相知，就那么空空度过一段时间而毫无着落，既没有什么属于人的动机，也没有别的因由。就像是在第三国国境线上过境、乘火车旅行、在医生的候诊室里、在旅馆、在飞机场坐等，就像这样。在夏天，往往在可以远眺塞纳河的大平台上吃午饭，在大楼屋顶花园上喝咖啡。那里还有一个游泳池。没有人在那里游泳。大家就在那里眺望巴黎。空寂的大马路，河流，街道。在寂无行人的街上，卡特来兰正在开花。玛丽－克洛德·卡彭特，我总是看她，几乎时时都看她，这样看她，她觉得很别扭，可是我禁不住还是要看。我看她，为要知道玛丽－克洛德·卡彭特，知道她是谁。为什么她在这里，而不是在别处，为什么她千里迢迢从波士顿来，为什么很有钱，为什么我们对她这样不了解，什么都不了解，没有一个人了解，为什么她经常请客，不请又好像不行似的，为什么，为什么在她的眼里，在她眼目深邃的内部，在她目光的深处，有一个死亡的质点，为什么，为什么？玛丽－克洛德·卡彭特。为什么她穿的衣衫件件都有我不知道是什么不可捉摸的东西，所有那些衣衫竟又不尽是她自穿的衣衫，仿佛那衣衫同样又可以穿在他人身上，为什么。这些衣衫无所属，没有特征，端庄合乎法度，色调鲜亮，白得像隆冬季节的盛夏。

贝蒂·费尔南代斯。对男人的回忆不会像对女人的回忆那样，在恍然若有所悟的光彩中显现，两种回忆不相像。贝蒂·费尔南代斯。她也是一个外国人。只要提起名字，她立刻就浮现在眼前，在巴黎一条街上，她正在巴黎的一条街上走过，她眼睛近视，她看不清，为了看清她要看到的对象她得两眼眯起来看，这时，她才微微举手向你致意。你好你好，你身体好吗？至今她不在人世已经很久了。也许有三十年了。那种优雅，我依然记得，现在要我忘记看来是太晚了，那种完美依然还在，丝毫无损，理想人物的完美是什么也不能损害的，环境，时代，严寒，饥饿，德国的败北，克里米亚真相——都无损于她的美。所有这些历史事件尽管是那么可怕，而她却超越于历史之上，永远在那条街上匆匆走过。那一对眼睛也是清澈明亮的。身上穿着浅红色旧衣衫，在街上的阳光下，还戴着那顶沾有灰尘的黑色遮阳软帽。她身材修长，高高的，像中国水墨勾画出来的，一幅版画。这个外国女人目无所视地在街上踽踽而行，路人为之驻足，为之注目，赞叹她的优雅。就像是女王一样。人们不知她来自何方。所以说她只能是从异域而来，来自外国。她美，美即出于这种偶然。她身上穿的衣装都是欧洲老式样的服饰，以及织锦缎的旧衣，成了老古董的套头连衫裙，旧幔子做的衣服，旧衬裙，旧衣片儿，成了破衣烂衫的旧时高级时装，蛀满破洞的旧狐皮，陈年古旧的水獭皮，她的美就是这样，破破烂烂、瑟瑟发抖、凄凄切切的，而且流落异乡、漂零不定，什么都不合体，不相称，不论什么对她都嫌太大，但是很美，她是那样飘逸，那样纤弱，无枝可依，但是很美。自顶至身，她生成就是这样，无论是什么只要和她一接触，就永远成为这种美的组成部分。

贝蒂·费尔南代斯，她也接待朋友，她有她的一个接待“日”。人们有时也到她那里去。有一次，客人中有德里厄·拉罗歇尔[1]。此人显然由于自傲，总感到痛苦不安，为免于随俗说话很少，说起话来声调拖长，说的话很像别别扭扭的翻译文字。客人中也许还有布拉吉阿克[2]，很遗憾，我记不真切，想不起来了。萨特未见来过。其中还有蒙帕纳斯的几位诗人，他们的名字我忘记了，全忘了。没有德国人。大家不谈政治。只谈文学。拉蒙·费尔南代斯[3]谈巴尔扎克。人们通宵听他谈巴尔扎克。听他谈话，其中有着一种早已为人所遗忘的知识，但是他的学问可说完全是无从验证的。他提供的资料不多，宁可说他讲了许多看

---

① Drieu La Rochelle（1893–1945），法国作家，第二次世界大战期间与法西斯德国有瓜葛。

② Robert Brasillach（1909–45），法国作家，因鼓吹法西斯主义被处决。

③ Ramon Fernandez（1894–1944），法国文学理论家，以研究巴尔扎克著称。

法。他讲巴尔扎克，好像他自己是巴尔扎克一样，仿佛他自己就曾经是如此这般，他也试图能成为巴尔扎克。拉蒙·费尔南代斯处世为人谦恭有礼，已进入化境，他在知识学问上也是如此，他运用知识的方式既是本质性的又是清澈见底的，从不让你感到勉强，有什么重负。这是一个真诚的人。在街上，在咖啡馆与他相遇，那简直像是盛大的节日一样，他见到你万分高兴，这是真的，他满心欢喜地向你嘘寒问暖。一向可好，怎么样？这一切就在一笑之间，完全是英国式的，连加一个逗点也来不及，在这一笑之间，说笑竟变成了战争，就像是痛苦必起于战争，所以，抵抗运动对于投敌合作，饥馑对于严寒，烈士殉难对于卑鄙无耻，都是事出有因的。贝蒂·费尔南代斯，她仅仅是谈到一些人，谈她在街上见到的和她认识的人，讲他们的情况，讲橱窗里还有待出售的东西，讲到额外配给的牛奶、鱼，讲到有关匮乏、寒冷、无止境的饥饿的令人安心的解决办法，生存下去的那些具体细节她始终不忽视，她坚持着，心里永远怀着殷切的友谊，非常忠诚又非常剀切的情谊。有多少通敌合作的人，就会引出多少费尔南代斯。还有我，我在战后第二年参加了法共。这种对应关系是绝对的，确定不移的。一样的怜悯，同样的声援救助，同样是判断上的软弱无力，同样的执著，不妨说，执著于相信个人问题可以从政治得到解决。她也是这样，贝蒂·费尔南代斯，她痴痴看着德国占领下阒无人迹的街道，她注意着巴黎，注视着广场上正在开花的卡特来兰草，就像另一个女人玛丽－克洛德·卡彭特。她也有她接待友人的接待日。

他开出黑色利穆新小轿车送她回寄宿学校。在校门前面不远的地方，他把车停下来，以免被人看到。那是在夜里。她下了车，她头也不回地跑了。走进大门，她看到大操场上灯火没有熄灭。她走出过道，立即看见她，她正在等她，已经等得焦急，直直站在那里，脸上板板的，绝无笑意。她问她到什么地方去了？她说：没有回来睡。她没有说为什么，海伦·拉戈奈尔也没有多问。她摘去那顶浅红色的呢帽，解开夜里束起来的发辫。你也没有到学校去。是没有去。海伦说他们打电话来了，这样，她才知道发生了这件事，她说，她应该去见总学监。在操场的暗处还有许多女生在那里。她们都穿着白色的衣服。在树下挂着一些大灯。有些教室还灯火通明。有些学生还在念书，有些学生在教室里闲谈，或者玩纸牌，或者唱歌。作息时间表上学生睡觉的时间没有规定，白天天气那么热，允许夜晚自由活动时间延长，延长多少全凭年轻的学监高兴。我们是这个公立寄宿学校仅有的白人。混血种学生很多，她们大多是被父亲遗弃的，作父亲的大多是士兵或水手，或海关、邮局、公务局的下级职员。大多是公共救济机关遣送到这里来的。其中还有几个四分之一混血儿[①]。海伦·拉戈奈尔认为法国政府要把她们培养成为医院的护士或孤儿院、麻风病院、精神病院的监护人员。海伦·拉戈奈尔相信还要把她们派到霍乱和鼠疫检疫站去。因为海伦·拉戈奈尔这样相信，所以她总是哭哭啼啼，所有这些工作她都不愿意去做，她不停地讲她要从寄宿学校逃出去。

我到舍监办公室去见舍监，她是一位年轻的混血种女人，她平时也是十分注意海伦和我的。她说：你没有到学校去，昨天夜里你没有回来睡，我们不得不通知你的母

① 四分之三属白人血统，四分之一为非白人血统。

亲。我对她说我昨天没有能赶回来，但是以后我每天晚上一定赶回宿舍睡觉，可以不必通知我的母亲。年轻的舍监看着我，对我笑笑。

后来我又没有回寄宿学校。又通知了我的母亲。她跑来见寄宿学校校长，她要求校长同意让我晚间自由行动，不要规定我的返校时间，也不要强迫我星期天同寄宿生集合出外散步。她说：这个小姑娘一向自由惯了，不是这样，她就会逃走，就是我，作为她的母亲，也拗不过她，我要留住她，那就得放她自由。校长接受了这种意见，因为我是白人，而且为寄宿学校声誉着想，在混血人之中必须有几个白人才好。我母亲还说，我在学校学习很好，就因为听任我自由自主，她说她的儿子的情形简直严重极了，可怕极了，所以小女儿的学习是她惟一的希望之所在。

校长让我住在寄宿学校就像住在旅馆里一样。

没有多久，我手上戴起了钻石订婚戒指。以后女舍监不再对我多加注意了。人们猜想我并没有订婚，但是钻石戒指很贵重，谁也不怀疑那是真的，因为把这么值钱的钻石戒指给了这样一个小姑娘，所以，那件事也就没有人再提起了。

我回到海伦·拉戈奈尔身边。她躺在一条长凳上，她在哭，因为她认为我将要离开寄宿学校，快要走了。我也坐到那条长凳上。海伦·拉戈奈尔在长凳上紧靠着我躺着，她身体的美使我觉得酥软无力。这身体庄严华美，在衣衫下不受约束，可以信手取得。我从来没有见过这样的乳房。我从来没有接触过。海伦·拉戈奈尔，她对什么都不在意，她在寝室里裸露身体来来去去全不放在心上，海伦·拉戈奈尔是不知羞的。万物之中上帝拿出来最美的东西，就是海伦·拉戈奈尔的身体，上体附有双乳仿佛分离在体外，它们的姿形意态与身材高度既相对应又调和一致，这种平衡是不可比拟的。胸前双乳外部浑圆，这种流向手掌的外形奇异极了，没有比它更神奇的了。即使是我的小苦力小哥哥的身体也要相形见绌。男人身体的形状可怜，内向。但是男人身体的形状不会像海伦·拉戈奈尔身体那样不能持久，计算一下，它只要一个夏天就会消损毁去。海伦·拉戈奈尔，她是在大叻高原地区[1]长大的。她的父亲是邮政局的职员。前不久她正在学年中间插进来来到学校。她很胆怯，总是躲在一边，默默地坐在那里，常常一个人啜泣。她有山区长大的人那种红润中带棕色的肤色，这里的孩子因为气候炎热和贫血，皮肤苍白发青，她在其中很不相同，一眼就可以辨认出来。海伦·拉戈奈尔没有到中学读书。她也不明白为什么要到学校去读书，海伦·拉。她不学习，学不下去，读不进。她到寄宿学校初级班进进出出，没有得到什么益处。她依偎着我，在哭，我摩着她的头发，她的手，我对她说我不走，我留下，留在寄宿学校，和她在一起。她不知道，海伦·拉，她不知道她很美。她父母不知让她怎样才好，他们只想尽快把她嫁出去。海伦·拉戈奈尔，她觉得任何人做她的未婚夫都可以，她只是不想要他们，她不愿意结婚，她想和她母亲一起回家。她。海伦·拉，海伦·拉戈奈尔。后来，到了最后，她按照她母亲的意愿去做了。她比我美，比那个戴着小丑戴的那种帽子、穿镶金条带高跟鞋、非常适合结婚的人要美得

① Da Lat，位于印度支那中部偏南地区。

多；和海伦·拉戈奈尔相比，我更适宜于嫁人；不过，也可以把她嫁出去，安排在夫妻关系中，让她生活下去，那只会使她不安害怕，可以向她解释，她怕的是什么；但她不会理解，只有迫使她去做，走着看，也只能是这样。

海伦·拉戈奈尔，我已经懂得的事，她，她还不知道。她，她毕竟才十七岁。这大概是我的猜测：我现在已经知道的事，以后她永远不会明白。

海伦·拉戈奈尔身体略为滞重，还在无邪的年纪，她的皮肤就柔腴得如同某类果实表皮那样，几乎是看不见的，若有若无，这样说也是说得过分了。海伦·拉戈奈尔叫人恨不得一口吞掉，她让你做一场好梦，梦见她亲手把自己杀死。她有粉团一样的形态竟不自知，她呈现出这一切，就为的是在不注意、不知道、不明白它们神奇威力的情况下让手去揉捏团搓，让嘴去啮咬吞食。海伦·拉戈奈尔的乳房我真想嚼食吞吃下去，就像在中国城区公寓房间里我的双乳被吞食一样。在那个房间里，每天夜晚，我都去加深对上帝的认识。这一对可吞吃的粉琢似的乳房，就是她的乳房。

我因为对海伦·拉戈奈尔的欲望感到衰竭无力。

我因为欲望燃烧无力自持。

我真想把海伦·拉戈奈尔也带在一起，每天夜晚和我一起到那个地方去，到我每天夜晚双目闭起享受那让人叫出声来的狂欢极乐的那个地方去。我想把海伦·拉戈奈尔带给那个男人，让他对我之所为也施之于她身。就在我面前那样去做，让她按我的欲望行事，我怎样委身她也怎样委身。这样，极乐境界迂回通过海伦·拉戈奈尔的身体、穿过她的身体，从她那里再达到我身上，这才是决定性的。

为此可以瞑目死去。

我看她所依存的肉身和堤岸那个男人的肉体是同一的，不过她显现在光芒四射、纯洁无罪的现时之下，借着每一个动作，每一滴泪，她每一次失误，她的每一种无知，显现在不断重复的展放——像花那样的怒放之中。海伦·拉戈奈尔，她是那个痛苦的男人的女人，那个男人使我获得的欢乐是那么抽象，那么艰难痛苦，堤岸的那个无名的男人，那个来自中国的男人。海伦·拉戈奈尔是属于中国的。

我没有忘记海伦·拉戈奈尔。我没有忘记那个痛苦的男人。自从我走后，自从我离开他以后，整整两年我没有接触任何男人。这神秘的忠贞应该只有我知道。

至今我仍然归属于这样家族，任何别的地方我都不能去，我只能住在那里，只能生活在那样的家庭里。它的冷酷无情、可怕的困苦、恶意狠毒，只有这样才能在内心深处取得自信，从更深的深度上感受到我的本质的确定性。这些我以后还要写到。

就是那个地方，后来，有一次，当我回忆起往事，我已经离开了的地方又出现在眼前，而不是任何别的地方。我在堤岸公寓里度过的时间使那个地方永远清晰可见，永远焕然一新。那是一个令人窒息的地方，接近死亡的地方，是暴力、痛苦、绝望和可耻的地方。那就是堤岸的那个地方。它在河的彼岸。只要渡过河去，就到了那个地方。

海伦·拉戈奈尔后来怎样，是不是已经死去，我不知道。她是先离开寄宿学校的，在我动身回法国之前她就走了。她回大叻去了。是她的母亲要她回大叻去的。我相信我记得那是为了回去结婚，大概她遇到一个刚刚从京城来的人。也许是我搞错了，也许我把海伦·拉戈奈尔的母亲非要她回去不可与她后来发生的事混在一起也说不定。

让我再给你说说这是怎么一回事，看看这究竟是怎样的。是这样：他偷了仆役的钱，去抽鸦片烟。他还偷我们母亲的东西。他把衣橱大柜翻了个遍。他偷。他赌。我父亲死前在双海地方[①]买了一处房产。这是我们惟一的财产。他赌输了。母亲把房产卖掉还债。事情到此并没有完，是永远不会完的。他年纪轻轻居然试图把我也卖给出入圆顶咖啡馆的那些客户。我母亲所以活下来就是为了他，为了他吃饱，睡暖，能够听到有人叫他的名字。她为他买下昂布瓦斯的地产，是十年省吃俭用的代价。仅仅一夜，就被抵押出去了。她还付了息金。还有我已经给你说过的树林伐下卖掉的收入。仅仅一夜，就把我那快要咽气的母亲偷得精光。他就是那么一个人，贼眉鼠眼，嗅觉灵敏，翻橱

① Entre-deux-Mers（一译昂特尔德梅尔），在法国加龙河与多尔多涅河交汇地带，属波尔多地区。

撬柜，什么也不放过，一叠叠被单放在那里，他也能找到，藏东西的小角落，也发现被翻过。他还偷亲戚的东西，偷得很多，珠宝首饰，食物，都偷。他偷阿杜，偷仆役的，偷我的小哥哥。偷我，偷得多了。甚至他的母亲，他也会拉出去卖掉。母亲临终的时候，就在悲恸的情绪下，他居然立刻把公证人叫来。他很会利用亲人亡故情感悲恸这一条。公证人说遗嘱不具备法律效力。因为母亲遗嘱里用牺牲我的办法把好处都转给她的大儿子了。差别太大太明显了，叫人觉得好笑。本来我应该查明底细才好说接受或不接受，但是，我保证说，我接受：我签了字。我接受了。我的哥哥，眼睛也不敢抬一抬，只说了一声谢谢。他也哭了。在丧母悲恸的情感下，他倒是诚实的。巴黎解放[①]的时候，他在南方与德寇合作的罪行显然受到追究，他走投无路，来到我家。我本来对那些事不大清楚，他遇到危险在逃，说不定他出卖过许多人，犹太人，他做得出。他倒变得十分和气了，他杀人以后，或是要你为他效力，他就变得多么亲热似的，一向如此。我丈夫被押解

① 指第二次世界大战巴黎解放。

出境[1]，没有回来。他表示同情。他在我家留了三天。我忘了，我出门，在家我是什么都不关闭的。他翻箱倒柜。我为丈夫回来凭配给证买来存着的糖和大米被他翻到，一扫而光。他翻到我房间里一个小橱。居然让他找到了。他把我全部积蓄五万法郎席卷而去。一张钞票也不留。他带着偷到手的东西离开公寓。后来我见到他，这种事我没有向他提起，对他那是太可耻了，我做不出。根据那份伪造的遗嘱，那处误传属于路易十四的古堡，也给卖掉了，卖得一文不值。这笔买卖暗中有鬼，和遗嘱的情况完全一样。

母亲死后，他成了孤家寡人。他没有朋友，他以前也没有朋友，有时有过几个女人，他让她们到蒙帕纳斯去"干活儿"，有时他也有不干活儿的女人，他不让她们去干活儿，至少起初是这样，有时，有些男人，他们为他付账。他生活在彻底的孤独状态下。这孤独随着人渐渐老去更加孤苦无告，日甚一日。他本来是一个流氓，所求不多。在他四周，看起来他很可怕，不过就是这样。对我们来说，他的真正统治已告结束。他还算不上匪徒，他是家

---

[1] 指德国占领法国期间将人押解出境，或派去做苦工，或关进集中营。参见作者一九八五年发表的小说《痛苦》（*La douleur*）。

中的流氓，撬柜的窃贼，一个不拿凶器杀人的杀人犯。他也不敢触犯刑律。那类流氓坏蛋也就是他这副腔调，十分孤立，并不强大，在恐慌中讨生活。他内心是害怕的。母亲死后，他过着离奇的生活。那是在图尔①。他认识的人无非是咖啡馆了解赛马“内幕消息”的茶房和在咖啡馆后厅赌扑克的酒客这些人。他开始变得很像他们，酒喝得很多，撇着嘴，两眼充血。在图尔，他一无所有。两处财产早已出清，什么都没有了。他在我母亲给他租的一间贮藏室里住了一年。睡沙发睡了一年。住进来，人家是同意的。住了一年。一年以后，他被赶出门外。

这一年他大概想把典出的产业赎回来。他还是赌，把母亲存放在贮藏室里的家什一件件赌尽卖光，先是青铜佛像、铜器，然后是床，再是衣橱，再是被单之类。终于到了山穷水尽的地步，什么也没有了，除开他身上穿的一套衣服以外什么也没有了，连一条被单、一副餐具也没有了。就剩下他孤零零一个人。一年过去，没有人再放他进门。他给巴黎一个堂兄弟写信。他总算在马尔泽尔布有了

① Tours，在法国中部偏西的安德尔－卢瓦尔省。

一间下房栖身。所以，他年过五十，总算第一次有了一个职业，有生以来第一次拿薪水过活，成了一家海运保险公司的信差。我想，这个差事，他干了有十五年。后来他进了医院。他没有死在医院里。他是死在他的住房里的。

我的母亲从来不提她这个儿子。她从来也不抱怨。她决不向任何人讲到这个撬开橱柜偷东西的贼。对这种母爱来说，那就仿佛犯有某种轻罪一样。她把它掩盖起来不外露。不像她那样了解她儿子的人，当然认为她不可理解、不通人情，而她也只能在上帝面前、只有在上帝面前了解她的儿子。关于他，她常常讲一些无关痛痒的琐事，讲起来也是老一套，说什么如果他愿意，他肯定是三个孩子中最聪明的一个。最有“艺术气质”。最精明。还有，他是最爱他母亲的。他，肯定他也是最理解她的。她常常说：我简直不明白，一个小孩竟是这样，有这样的直觉，有这么深的情感，简直不可思议。

我们后来还见过一面，他也曾告诉我我的小哥哥是怎么死的。他说：死得太可怕了，我们这个兄弟，糟极了，我们的小保罗。

我们作为手足之亲还留有这样一个印象，就是有一次，在沙沥的餐厅一起吃饭。我们三个人在餐厅吃饭。他们一个十七岁，一个十八岁。我的母亲没有和我们在一起。大哥看着我们，看着他的弟弟和我吃饭，后来，他把手中叉子放下不吃了，只是盯着弟弟看。他那样看他看了很久，然后突然对他说，口气平静，说出的话是可怕的。说的是关于食物的事。他对他说：他应当多加小心，不该吃那么多。弟弟没有答话。他继续说下去。他叮嘱说，那几块大块的肉应当是他吃的，他不应该忘记。他说，不许吃。我问：为什么是你吃？他说：就因为这样。我说：你真是该死。我吃不下去了。小哥哥也不吃了。他在等着，看弟弟敢说什么，只要说出一个字，他攥起的拳头已经准备伸过桌子照着弟弟的脸打它个稀烂。小哥哥不作声。他一脸煞白。睫毛间已是汪汪泪水。

他死的时候，是一个阴惨惨的日子。我记得是春天，四月。有人给我打来电话。别的什么也没有说，只是告诉我，发现他的时候，已经死了，倒在他的房间的地上。他死在他的故事结局之前。在他还活着的时候事情已成定局，他死得未免太迟了，小哥哥一死，一切也就完了。克制的说法是：一切都已耗尽了。

她曾经要求把他和她葬在一起。我不知道那是在什么地方，在哪一个墓地，我只知道是在卢瓦尔省。他们两人早已长眠墓中。他们两人，只有他们两个人。不错，是这样。这一形象有着一种令人难以承受的庄严悲壮。

黄昏在一年之中都是在同一时刻降临。黄昏持续的时间十分短暂，几乎是不容情的。在雨季，几个星期看不到蓝天，天空浓雾弥漫，甚至月光也难以透过。相反，在旱季，天空裸露在外，一览无遗，真是十分露骨。就是没有月光的夜晚，天空也是明亮的。于是各种阴影仿佛都被描画在地上、水上、路上、墙上。

白昼的景象我已记不清了。日光使各种色彩变得暗淡朦胧，五颜六色被捣得粉碎。夜晚，有一些夜晚，我还记得，没有忘记。那种蓝色比天穹还要深邃邈远，蓝色被掩在一切厚度后面，笼罩在世界的深处。我看天空，那就是从蓝色中横向穿射出来的一条纯一的光带，一种超出色彩之外的冷冷的熔化状态。有几次，在永隆，我母亲感到愁闷，叫人套上两轮轻便马车，乘车到郊外去观赏旱季之夜。我有幸遇到这样的机会，看到这样的夜色，还有这样一位母亲。光从天上飞流而下，化作透明的瀑布，沉潜于无声与静止之墓。空气是蓝的，可以掬于手指间。蓝。天空就是这种光的亮度持续的闪耀。夜照耀着一切，照亮了大河两岸的原野一直到一望无际的尽头。每一夜都是独特的，每一夜都可以叫做夜的延绵的时间。夜的声音就是乡野犬吠的声音。犬向着不可知的神秘长吠。它们从一个个村庄此呼彼应，这样的呼应一直持续到夜的空间与时间从整体上消失。

在庭院的小径上，番荔枝树阴影像黑墨水勾画出来的。花园静止不动，像云石那样凝固。屋宇也是这样，是纪念性建筑物式的，丧葬式的。还有我的小哥哥，他在我的身边走着，他注目望着那向着荒凉的大路敞开的大门。

有一次，他没有来，没有到学校门前来接我。只有司机一个人坐在黑色的汽车里。司机告诉我少主人的父亲病了，少主人到沙沥去了。司机，他受命留在西贡，送我去学校，接我回宿舍。少主人要过几天才回来。后来，他坐到黑色汽车的后座上来了，脸侧向一边，怕看别人的眼睛，他一直是仓皇不安的，他害怕。我们抱吻，一句话也不说，只顾抱在一起，就在学校前面，还紧紧抱着，我们什么都忘了。他在抱吻中流泪，哭。父亲还活着。他最后的希望已经落空。他已经向他提出请求。他祈求允许把我留下，和他在一起，留在他身边。他对他父亲说他应该理解他，说在他漫长的一生中，对这样的激情至少应该有过一次体验，否则是不可能的，他求他准许他也去体验一次这样的生活，仅仅一次，一次类似这样的激情，这样的魔狂，对白人小姑娘发狂一般的爱情，在把她送回法国之前，让她和他在一起，他请求给他一点时间，让他有时间去爱她，也许一年时间，因为，对他来说，放弃爱情决不可能，这样的爱情是那么新，那么强烈，力量还在增强，强行和她分开，那是太可怕了，他，父亲，他也清楚，这是决不会重复再现的，不会再有的。

父亲还是对他重复那句话，宁可看着他死。

我们一起用双耳瓮里倒出的清水洗浴，我们抱吻，我们哭，真值得为之一死，不过，这一次，竟是无可告慰的欢乐了。后来，我对他说了。我对他说：不要懊悔，我让他想一想他讲过的话，我说我不论在哪里，总归要走的，我的行止我自己也不能决定。他说，即使是这样，以后如何他也在所不计，对他说不过是那么一回事，完了，一切都已成为过去。我对他说，我同意他父亲的主张。我说我拒绝和他留在一起。理由我没有讲。

这是永隆的一条长街，尽头一直通到湄公河岸边。这条大街每到黄昏很是荒凉，不见人迹。这天晚上，几乎和任何一天的晚上一样，发电厂又停电，事情就从这里开始。我刚刚走上大街，大门在后面就关上了，接着，灯光突然灭了。我拔脚就逃。我要逃走，因为我怕黑。我越跑越快。猛可之间，我相信我听到身后也有人在跑。在身后肯定有人跟踪追来。我一面跑，一面转身看了一看。一个高高的女人，很瘦，瘦得像死人似的，也在跑，还在笑。她赤着双脚，在后面紧追，要追上来，抓住我。我认出来了，是本地区那个疯人，永隆的女疯子①。这是我第一次听到她说话，她在夜里话语连篇，在白天是倒头长睡，经常出没在这条大街花园门前。她又是跑又是喊叫，喊叫什么我听不清。我怕极了，我呼救，但是叫不出声。我大概在八岁的时候，曾经听到她那尖厉的笑声，还有她的快乐的呼叫，肯定是在拿我取乐。回想起来，中心就是关于这样一种恐惧的记忆。说这种恐惧已超出我的理解、超出我的力量，这样说也还不够。如果可以进一步说，那是关于人的存在整体这种确定性的记忆，也就是说，那个女人如用手触及我，即使是轻轻一触，我就会陷入比死还要严重的境地，我就要陷于疯狂。我跑到邻近的花园，跑到一座房子那里，刚刚跑上台阶，就在房门入口那里倒下了。过后有许多天，我还不能把遇到的这件事说明白。

在我一生的后期，看到我母亲病情日趋严重，我仍然十分害怕——病的情况我已记不起了——这就是使她同她的孩子分开的那种情况。我以为只有我知道未来将是怎样，

① 有关疯女形象，作者在小说《副领事》中曾着重描写。

我的两个哥哥不会知道，因为我的两个哥哥对这种情况不可能作出判断。

那是在我们最后分开以前几个月，在西贡，夜已经很深，我们在泰斯塔尔路住房的大平台上。阿杜也在。我注目看着我的母亲。我简直认不得她了。后来，在恍惚之中，似乎一切突然崩陷，我的母亲我突然完全认不出来了。就在靠近我的地方，在我的母亲所坐的位子上，突然出现了另一个人，她不是我的母亲，她有她的面目，她的外观，但不是我的母亲。她那神态稍稍显得呆滞，在望着花园，注视花园的某一点，似乎正在探看某种我无从觉察的正在发生正在迫近的事件。在她身上，有着容颜眉眼表现出来的青春，有着某种幸福感，这种幸福她是以贞节为理由加以压制的，而贞节之于她早已习惯成自然了。她曾经是很美的。阿杜一直守在她的身边。阿杜好像什么也没有察觉。可怕的不是我所说的这一切，不在她的容貌，她的幸福的神态，她的美，可怕的是：她分明是坐在那里，她作为我的母亲坐在那里，竟发生了这种置换，我知道坐在她位子上的不是别人，明明是她本人，恰恰是这绝不能由他人替换的正身消失不见了，而我又不能使她再回来，或者让她准备回转来。让这个形象存留下来是决不可能的了。我在心智完全清醒的情况下，变成了疯狂。这正是应该呼号喊叫的时间，正当其时。我号叫着。叫声是微弱的，是呼求救援之声，是要把那坚冰打破，全部景象就这样无可挽回地冻结在那冰块里面了。我的母亲竟又回转来了。

我使得全城都充满了大街上那种女乞丐。流落在各个城市的乞妇，散布在乡间稻田里的穷女人，暹罗山脉通道上奔波的流浪女人，湄公河两岸求乞的女乞丐，都是从我所怕的那个疯女衍化而来，她来自各处，我又把她扩散出去。她到了加尔各答，仿佛她又是从那里来的。她总是睡在学校操场上番荔枝树的阴影下。我的母亲也曾经在她的身边，照料她，给她清洗蛆虫咬噬、叮满苍蝇的受伤的脚。

在她身边，还有那个故事里曾经讲到的那个小女孩。她背着那个小女孩跋涉了两千公里。这个小女孩她不想再留下，她把她给了别人，行，行，就抱走吧。没有孩子了。再也没有孩子了。死去的，被抛弃的，到生命的尽头，算一算，竟是那么多。睡在番荔枝树下的女人还没有死。她活得最长久。后来，她穿着有花边的裙衫死在家屋之中。有人来送她，哭她。

她站在山间小径两旁水田的斜坡上，她在哭叫，又放开喉咙大笑。她笑得多么好，像黄金一样，死去的人也能被唤醒，谁能听懂小孩的笑语，就能用笑唤醒谁。她在一处般加庐前逗留了许多天没有走，般加庐里住着白人，她记得白人给乞食的人吃饭。后来，有一次，是的，天刚刚透亮，她醒了，动身上路，那一天，她走了，请看是为什么，只见她朝着大山从斜里插过去，穿过大森林，顺着暹罗山脉山脊上小道走了。也许是急于要看到平原另一侧黄色绿色的天空，她穿越群山而去。她又开始下山，向着大海，奔向终点走去。她稀稀拉拉迈着大步沿着森林大坡直奔而下。她越过丛山，又在森林里辗转穿行。这是一座又一座疫疠弥漫的森林。这是一些气候炎热的地区。这里没有海上的清风。这里只有滞留不散的喧闹的蚊阵，婴尸，淫雨连绵。后来到了河流入海的三角洲。这里是大地上最大的三角洲。是乌黑的淤泥地。河流在这里汇合流向吉大港[1]。她已经从山道、森林走出来了，她已经离开了贩运茶叶行人往来的大道，走出赤红烈日照耀的地区，三角洲展现在前面，她在这开阔地上急急走着。她所选择的方向正是世界旋转的方向，迷人的辽远的东方。有一天，大海出现在她的眼前。她惊呼，她笑，像飞鸟发出神奇的叫声那样放声大笑。因为她这样的笑声，她在吉大港找到一条过路的帆船，船上的渔民愿意带她去，她与他们结伴横渡孟加拉湾。

从此以后，人们看到她出现在加尔各答郊外垃圾场一带地方。

后来她又不见了。后来她又回来了。她又出现在那个城市的法国大使馆的背后。她有取之不尽的食物用来充饥，她睡在公园里过夜。

夜里，她留在公园里。天亮以后，就到恒河水边。爱笑的天性和嘲笑的习惯永远不变。她留在这里不走了。食于斯，眠于斯，这里的黑夜是安谧宁静的，她在花园里过夜，这是长满了欧洲夹竹桃的花园。

---

① Chittagong，在今孟加拉国。

有一天，我也来到这个地方，从这里经过。那时我是十七岁，这是英国人的居住区，各国使馆都在这里辟有花园，那时正是季风转换的季节，网球场上空无一人。沿恒河一带，麻风病人在那里走着笑着。

我们乘的船中途在加尔各答靠岸。邮船出了故障。为消磨时间，我们上岸入城去游览。第二天傍晚，我们启航离去。

十五岁半。在沙沥地区很快就有传闻流传了。仅仅这种装束，就足以说明这种没有廉耻的事。母亲是无知的，如何教养幼女也缺乏知识。可怜的孩子。请不要相信，戴这种帽子不会是无辜的，涂上那种口红也不会是无辜的，总有什么问题，决不是清白无辜，那意思是说，是在勾引人，是为了金钱。两个哥哥又是两个坏蛋。人们说，又是一个中国人，大富翁的儿子，在湄公河上有别墅，还是镶了蓝琉璃瓦的。就是这位大富翁，也不会认为这是体面事，决不许他的儿子同这样的女子有什么瓜葛。一个白人坏蛋家庭的女儿。

有一位有地位的夫人，人们都称她夫人，是从沙湾拿吉[1]来的。她的丈夫奉命调到永隆。在永隆足有一年光景，人们不曾见她身影。原因出在这个年轻人，沙湾拿吉行政长官帮办，她的丈夫。他们的爱情维持不下去了。他拿起左轮手枪开枪自杀。这一事件传到永隆新职位所在地。他在离开沙湾拿吉来到永隆赴任的那天，就在这一天，对准心脏打了一枪。就在任所所在的大广场上，在光天化日之下。为了她几个还幼小的女儿，也由于丈夫被派到永隆，她对他说：事情就到这里结束吧。

在堤岸声名狼藉的地区这类事每晚都有发生。每天夜晚，这个放荡的小丫头都跑来让一个中国下流富翁玩弄。她在法国学校读书，学校里白人小姑娘、年纪幼小的白人女运动员都在体育俱乐部游泳池里练自由泳。有一天，命令下达，禁止她们和沙沥女校长的女儿说话。

在课间休息时间，她成了孤零零一个人，背靠在室内操场的柱子上，望着外面的马路。这件事她没有告诉她的

① Savannakhet，在今老挝境内。

母亲。她仍旧乘堤岸中国人的黑色小汽车来上课。下课离校，她们目送她离去。没有一个人和她说话。无一例外。这种孤独，使关于永隆那位夫人的事迹的记忆又浮现在她眼前。那时，她是初到这里，已经三十八岁。那时，她不过是十岁的小孩子，现在，当她回想起这件事的时候，她已经是十六岁了。

那位夫人正坐在她住室前的平台上，眺望湄公河沿岸的大街，我和我的小哥哥上教理课回来从那个地方经过，我在那里曾经看见她。她那个房间正好在那幢附有大遮阳棚平台的华美大建筑的正中，一幢巨宅又正好坐落在长满欧洲夹竹桃和棕榈树的花园的中心。这位夫人和这个戴平顶帽的少女都以同样的差异同当地的人划然分开。这两个人同样都在望着沿河的长街，她们是同一类人。她们两个人都是被隔离出来的，孤立的。是两位孤立失群的后妃。她们的不幸失宠，咎由自取。她们两人都因自身肉体所赋有的本性而身败名裂。她们的肉体经受情人爱抚，让他们的口唇吻过，也曾委身于如她们所说可以为之一死的极欢大乐，这无比的欢乐也就是耻辱，可以为之而死的死也就是那种没有爱情的情人的神秘不可知的死。问题就在这里，就在这种希求一死的心绪。这一切都因她们而起，都是从她们的居室透露出来的，这样的死是如此强烈有力，这样的事实，在整个城市，在偏僻的居住区，在各地首府，在总督府的招待会和漫长的舞会上，已是人所共知的了。

那位夫人在这类官方招待会上再次露面，以为事情已成过去，沙湾拿吉的年轻男人已经进入遗忘之境，人们早已把他忘了。所以这位夫人又在她负有义务不能不出面的晚会上再度出现，人们总需在这类场合不时出面，让人家看到，这样，也就可以从一方方稻田包围中的冷僻地区的可怕孤独中走出来，从恐惧、疯狂、疫疠、遗忘中逃出来。

在法国中学傍晚放学的时候，仍然是那部黑色小汽车，仍然是那个肆无忌惮、幼童式的帽子，那双有镶金条带的鞋，一如既往，还是去找那个中国富翁，让他在自己身上继续发掘，一如既往，让他给她洗浴，洗很长时间，像过去每天在母亲家洗浴一样，从一个双耳大瓮舀出清水沐浴，他也为她备好大瓮贮存清水，照例水淋淋地把她抱到床上，装上风扇，遍吻她的全身，她总是要他再来、再来，然后，再回到寄宿学校，没有人惩罚她，没有人打她，没有人损毁她，没有人辱骂她。

他自杀死了，那是在一夜将尽的时候，在地区灯火明亮的大广场上。那时，她正在跳舞。不久天亮了。他的尸体已经变形。后来，时间过久，烈日又毁去外形。没有人敢走到近前去看一看。警察到近前去看过。待到中午，小运输艇开走以后，什么都没有了，不存在了，广场冲洗得干干净净。

我母亲曾经对寄宿学校的女校长说：没有关系，没有什么重要意义，你不是看到了吗？这么一件小小的旧衣衫，这样一顶浅红色的帽子，这样一双带镶金条带的鞋子，她穿起来不是很合适、很得体吗？这位母亲讲到她的孩子总是如醉如痴，很是高兴，相对地说，她在那样的时刻，总是很动人的。寄宿学校的年轻女学监也热烈地倾听母亲讲话。母亲说，所有的人，地区所有的男人，不论已婚还是未婚，都围着她转，总是在她身前转来转去，他们喜欢这个小姑娘，喜欢那个嘛，还没有怎么定型，你看，还是一个孩子嘛。丢人现眼，没有廉耻，那些人这么说？

我么，我说，不顾廉耻，清白又怎样？

母亲讲着，说着，讲到那种大出风头的卖淫，她笑出声来，她又讲到丑闻，讲这种微不足道的可笑的事，戴了一顶不合时宜的帽子，小孩子在渡河的时候显得漂亮，美得很，她对这里法国殖民地这种难以抵制的风气笑了又笑，她说，我讲到这个白净净的白人女孩子，这个年轻姑娘一直关闭在偏僻地区，一旦来到大庭广众之下，全城眼见目睹，和一个中国阔人的败类有了牵连，戴上钻石戒指像是一个年轻的银行老板娘，说着说着她又哭起来了。

在她看到那个钻石戒指的时候，她曾经轻声说：这让我想起我和我第一个丈夫订婚时曾经遇到的一个独身小青年。我说就是那位奥布斯居尔[①]先生。大家都笑了。她说：那就是他的姓，真的，真是那样。

我们互相看着，这样看了很久，后来，她又笑了，笑得非常甜美，还带有嘲弄的意味，那样的笑包含着对自己的孩子、对他们以后的遭际有深切了解和关注。她对他们

---

① Obscur，本义指卑微的小人物。

的了解如此之深，我几乎没有把堤岸的事讲出来。

我终于没有说出口。我根本没有讲。

在开口再和我说话之前，她等了很长时间，后来她说，满怀爱意地说：你以为事情过去了？在殖民地你根本不能结婚，知道不知道？我耸耸肩，笑了。我说：我愿意的时候，管它什么地方，我都可以结婚。母亲表示不同意。不行。她说：在这里搞得满城风雨，在这里，就办不到。她望着我，她还讲了一些令人难忘的事情：他们喜欢你？我回答说：是这样，反正他们喜欢我。她说：正是这样，他们喜欢你，就因为你是你。

她还问我：仅仅是为了钱你才去见他？我犹豫着，后来我说：是为了钱。她又把我看了很久，她不相信。她说：我和你不一样，在读书这件事上，我比你更苦，不过我是严肃的，我规规矩矩念书，这段时间拖得太长，也太迟了，所以对于欢乐我已经不感兴趣了。

有一天，那是在假期，在沙沥，她脚搁在椅子上，坐在摇椅上休息，她把客厅和餐室的门对面打开让穿堂风吹过来。她心气平静，情绪也不坏。见她小女儿来了，她突然很想和她谈谈。

那时，与放弃修海堤的土地，到事情最后结束相去不远，与后来动身回法国的时间也很接近。

我看着她坐在摇椅上睡着了。

我母亲每隔一段时间总要宣布说：明天到照相师那里去拍照。她抱怨照相定价很贵，但还是要拿出钱去拍家庭照。拍出的照片大家都想看，但彼此之间谁也不看谁，只是看照片，各自分别去看，大家都不说话，不加评论，大家都看照片，大家在照片上互相看来看去。全家在一起合拍的照片要看，一个一个分别拍的也看。在很久之前拍的照片上，大家都还年幼，互相看来看去，在新近拍的照片上，大家也是你看我我看你互相看。即使在那个时候，我们之间就已经大不相同，有了很大的差别。这些照片每一次看过，就要整理好存放在衣橱里和衣物放在一起。我母亲让人给我们拍照，目的是为了看看我们，看看是不是成长正常。她同所有的母亲一样，我们也像别的孩子那样，总是长时间去看那些照片。她还拿几张照片互相比较，还讲讲每个孩子如何在成长、长大。但谁也不去答话。

我母亲专是请人给她的孩子照相。此外一律不照。在永隆拍的照片，我没有，一张也没有，花园、大河、法国征服殖民地后修建的两旁种有罗望子树的笔直大马路，这样的照片一张也没有拍过，房屋，我们的栖身之地，刷着白石灰，摆着涂有金饰黑色大铁床的住室，装着像大街上发红光的灯泡、绿铁皮灯罩，像教室那样照得通明的房间，这样的照片一张也没有拍过，我们这些住所真叫人无法相信，永远是临时性的，连陋室都说不上，丑陋难看就不说了，你见了就想远远避开，我的母亲不过是暂时寄居在这一类地方，她常常说，以后再说，设法找到真正适宜长居久住的地方，不过那是在法国，她这一生一直在讲一定要找到那样的地方，同她的脾性、她的年龄、她的悲苦心境相适合的地方，要到加来海峡省[1]与双海之间去找。所以那样的照片一张也没有拍，任何形象也没有留下。后来她在卢瓦尔省定居，终于永远留在这里没有再迁徙，她的居室仍然像沙沥那样一个房间，真是可怕。以后她就什么也记不起，都忘记了。

① Pas-de-Calais，法国北部省份，在英吉利海峡东南。

某些地方、某些风景的照片，她是从来不拍的，除开给我们、她的孩子拍照以外，其他的照片她都不拍，她让人拍照片多半是让我们合拍，花钱可以省一些。我们有些照片不是照相师拍下来的，而是摄影爱好者拍的，是我母亲的朋友，初到殖民地的同事，他们喜欢拍热带风景，拍可可树和苦力的照片，为了寄回家去让家人看的。

我母亲回国度假总是把她的孩子的照片带回去拿给她的家人看，这真是不可思议的怪事。我们都不愿意到她家去。我的两个哥哥根本不认识我母亲的娘家。我年纪最小，起初她带我去过。后来我没有再去，因为，我的姨母因为我行为不检不愿意让她们的女孩子见到我。无法，我母亲只好把我们的照片拿给她们去看，所以我母亲把这些照片拿出来，把她的孩子的照片拿给她的姐妹去看，这也是理所当然的。她本来就应该这样，她也是这样做的，她的姐妹，是她家仅有还活在人世的人，所以她才把一族人的照片拿给她们去看看。是不是从这个女人的处世态度上可以看到一点什么？从她处事决不半途而废、决不撒手不管，如对待自己的姐妹，对待艰难困苦，是不是也可以看到一些什么呢？我相信是可以看到某种东西的。恰恰在这种属于种族的荒诞的大智大勇之中，我发现有一种深邃的动人的美。

在她白发苍苍年老的时候，她依然还是要找摄影师照相，她是独自一人去的，穿着她那件很好看的暗红色裙衫，戴着她那两件首饰，她的长项链和镶玉金别针，就是那块四周镶金的玉石。从照片上可以看到，她的头发梳得美好，不带一点波折，很好的形象。本地有钱的人死期临近，也去照相，一生只照这一次。那种照片放得很大，大小是同一个格式，镶在好看的金镜框内，挂在先祖祭台之旁。照这种照片的人我见过不少，拍出的照片几乎一样，惊人地酷似。不仅因为年衰人老而彼此相像，而是因为人像都被修饰描绘过，永远都是这样，颜面上的特征，如果拍出来的话，经过这样修饰，也就抹去看不见了。人的面目经过这样一番修饰，才能正面迎对永恒，人的面貌经过橡皮涂改，一律变得年轻了。人们所期求的原也是这样。这种相像——这样的谨慎——对他们在家族中走过来的经历的回忆想必相互适应，既证实了他所具有的特质，也成了他确实存在的明证。他们愈是彼此相像，他们归属于家族各不同辈份这一点也愈加不容置疑。何况所有男人头上都有相同的头巾，所有女人都梳着一样的发髻，同样直直长长的发式，男人女人一律都穿同样的竖领长衫。他们都是一样的神态，我在他们所有的人中间看到的就是这种神态。在我母亲穿着红衫裙的照片上显现出来的就是这种神情，也就是他们那种神态，那样一种风姿，有人也许说是高贵，有人大概认为是个性全无。

关于那件事他们是讳莫如深不再提起了。既然已经到了这个地步，娶她的事也就不再试图在他父亲面前旧事重提。这位父亲怎么一点也不可怜他的儿子。他对什么人都不存什么怜悯之心。在所有本地区操纵商界的中国移民当中，这个住在镶有蓝色琉璃砖平台的中国商人，是最为可怕、最为富有的一个，他的财产不限于沙沥一地，并且扩展到堤岸，堤岸本是法属印度支那的中国都城。堤岸那个男人，他心里明白：他父亲作出的决定和他作为儿子作出的决定是一样的，他们的决定是不可挽回的。最低限度他已经开始懂得他和她分手任她走掉是他们这段故事的佳兆。他知道女方不属具备婚嫁必要条件那一类人，从任何婚姻她都可以得到补偿，他知道必须抛开她，忘掉她，把她还给白人，还给她的兄弟。

自从他为她那副身躯发疯入迷以来，这个少女对于占有他、对于他的瘦弱，已不再感到难以忍受，奇怪的是她的母亲也不像她在此之前感到有那种不安，似乎她也觉得他那身躯差强人意，勉强可取，换一个也差不多少。至于他，作为堤岸的一个情人，他认为这个小小的白种女人在成长中受到极为强烈的炎热气候的损害。他自己，他也是在这种炎热气候中出生、长大的。在这一点上，他觉得他们同病相怜好像是血亲一族。他说在这里——在这个难以忍受的纬度上度过的岁月已经使她变成印度支那地方的少女了。他说她有同印度支那少女一样柔美纤巧的双腕、同她们一样浓密的长发，也许可以说这长发为她们汲取到全部力量，也使她的头发长长的同她们的长发一样，尤其是皮肤，全身肌肤因有雨水滋润而细美，在这里蓄下的天落水是用来给女人和小孩沐浴的。他说法国女人和她们相比，皮肤是生在僵硬的身体上的，是粗糙的。他还说热带地区食物贫乏，无非鱼与鲜果，不过对于肌肤细美也有一些作用。

还有，棉布和丝绸用来做成衣服，衣服一向是宽舒的，不贴在身上，身躯自由轻适，就像赤身不曾穿衣一样。

堤岸的情人，对这个正当青春期的小小白种女人一厢情愿甚至为之入迷。他每天夜晚从她那里得到的欢乐要他拿出他的时间、他的生命相抵。他几乎没有什么话可以对她说了。也许他认为他讲给她听的有关她的事、有关他不理解、不能也不知怎么说的爱，她根本就不可能理解。也许他发觉他们从来就不曾有过真正的交谈，除非夜晚在那个房间里哭泣呼叫之中曾经相呼相应。是的，我相信他并不知道，他发现他是不知道。

他注目看着她。他闭上眼也依然还在看她。他呼吸着她的面容。他呼吸着眼前的一个孩子，他两眼闭着呼吸着她的呼吸，吸取她身上发出的热气。这身体的界限渐渐越来越分辨不清了，这身体和别的人体不同，它不是限定的，它没有止境，它还在这个房间里不断扩大，它没有固定的形态，时时都在形成之中，也不仅仅在他所见的地点存在，同时也存在于别的地方，它展现在目力所及之外，向着运动，向着死延伸而去，它是柔韧多变的，它在欢乐中启动，整体随之而去，就像是一个大人，到了成年，没有恶念，但具有一种令人恐惧的智能。

我注意看他把我怎样，他以我为用，我从来没有想到竟可以这样做，他的所为已经超出我的希求，却又与我的身体固有的使命相吻合。这样，我就变成了他的孩子。对于我，他也变成了另一种物。在他本人之外，我开始认识他的皮肤、他的性器官，有着无可言状的温柔甘美。另一个男人的阴影应该也在这个房间里出现，这是一个年轻的谋杀犯的阴影，但是我还不认识他，在我眼中，还有待于显现。一个年轻的猎手的阴影大概也从这房间里走过，但这个幻影，是的，我认识他，他有时也在欢乐中出现，关于他，我对他说过，对堤岸的这个男人，我的情人，我对他说过，我对他讲过他的身体，他的性器官，也讲过那不可言喻的温柔，也讲过在森林和有黑豹出没的河口一带河流上他是何等勇猛。一切都在迎合他的欲望，让他把我捕捉而去，让他要我。我变成了他的孩子。每天夜晚，他和他的孩子都在做爱。有时，他害怕，突然，他担心她的健康，他发现她会死去，会失去她；这样的意念在他心中闪过。突然间他又希望，她真是那样柔弱，因此，有时，他还是怕，非常害怕。她的这种头痛病也使他害怕，头痛发作，她变得面无人色，僵死在那里，眼上敷着浸水的布巾。还有这种厌恶情绪，甚至厌恶生命，厌恶感一出现，她就想到她的母亲，她无端哭叫，想到不能改变世事，不能让母亲生前得到快乐，不能把害母亲的人都杀死，因为忿恨而哭泣。他的脸紧偎着她的面颊，吸取她的泪水，把她紧紧抱住，疯狂地贪求她的泪、她的愤怒。

他抱着她就像抱着他的孩子一样。也许他真是在抱着他的孩子。他戏弄他的孩子的身体，他把它放转来，让它覆盖在自己的脸上、口唇上、眼睛上。当他开始这样做的时候，她继续追随他所采取的方向，听之任之。是她，突然之间，是她要求他，她并没有说什么，他大声叫她不要说话，他吼叫着说他不想要她了，不要和她在一起。又一次碰僵了。他们彼此封锁起来，沉陷在恐惧之中，随后，恐惧消散，他们在泪水、失望、幸福中屈服于恐惧。

漫长的黄昏，相对无言。在送她回寄宿学校的黑色汽车里，她头靠在他的肩上。他紧紧抱着她。他对她说，法国来的船快要到了，将要把她带走，把他们分开。行车途中，他们都不说话。有时他叫司机开车到河岸去兜一圈。她睡着了，精疲力竭，紧紧偎依在他身上。他吻着她，他的吻唤醒了她。

寝室里，灯光是蓝蓝的。有乳香的气味，在日暮时刻经常燃起这种香料。暑气凝固不散，窗子都大大敞开，一点风也没有。我把鞋脱去，不要弄出声响来，不过我是心安的，我知道舍监不会起来查问，我知道，我夜里愿意什么时候回来就什么时候回来，现在是批准的了。我急忙去看海伦·拉戈奈尔的床位，我一直有些担心，怕她白天从寄宿学校逃出去。海伦·拉戈奈尔。她在那里。她睡得很好。我记得有一次睡不着，不要睡，仿佛有意作对似的。拒绝睡。她的手臂裸露在外，围着她的头，放任地伸在那里。身体睡态显然是睡得不舒服的，和别的女孩睡态全然不同，她两腿蜷曲，看不到她的脸，枕头滑落在一边。我猜她一直在等我，就这样睡着了，等得不耐烦，生气了。她大概哭过，后来就昏昏睡去。我真想叫醒她，和她一起悄悄谈话。我已经不再和堤岸的那个男人谈什么了，他也不再和我说什么了，我需要听听海·拉谈谈问题。有人是带着一种无可比拟的关注心意去听他们并不理解的事，她就有着这种不可比拟的心意。但是我不能叫醒她。半夜把海·拉吵醒，她就不会再睡了。她一定会起来，跑出去，她一定会这么做，跑下楼去，穿过走廊，跑到空空的庭院，她跑着，她会叫我也去，她是那么开心，谁也不能劝住她，因为谁阻止她出去走走，人们知道，她会做出什么事来。我犹豫着，不行不行，我没有叫醒她。帐子里闷热无比，透不过气来，帐子闭紧，更无法忍受。我知道这是因为我刚从外边来，河岸上夜里一向是风凉的。我已经习惯了，静下来不动，等一等，也就无事。闷热过去，就没有什么了。我一下还睡不着，尽管在我一生中经受了这不曾有过的新出现的疲惫。我在想堤岸的那个人。他这时大概和他的司机到泉园附近一家夜总会去喝酒，大概一言不发，在那里喝酒，他们经常喝那种稻米酿造的白酒。或者他回家去了，睡在那间点着灯的房间里，也不同任何人说话。这天晚上，堤岸的那个人，他的想法，我无法容忍。我也无法接受海伦·拉戈奈尔的想法。他们的生活似乎太圆满，那似乎是得自他们自身之外。我不是那样。母亲说过：她这个人没有满意的时候，没有什么可满意的。我认为我的生活刚刚开始在我面前显示出来。我相信我能把这一点直言不讳对自己讲出来，我相信我隐约间已经感觉到对死的渴望。死这个字我已经无法把它和我的生命两相分开。我觉得我隐约间又渴求孤独。同样，自从我离开童年期，离开我那个可怕的家族，我也看到我不再是孤独一个人。我要写几本书。这就是我在现时之外，在这无边无际的大沙漠里所看到的，而我的生命正是在大沙漠的特征下在我的面前展现出来。

西贡拍来的电报上写的是哪几个字我已经记不清了。可能写的是我的小哥哥已经死去，或者：应上帝之召走了。我依稀记得是上帝召去了。我记得很清楚，不是她，电报不是她拍来的。我的小哥哥死了。最初，不能理解，后来，仿佛从四面八方，从世界深处，悲痛突然汹涌而来，把我淹没，把我卷走了，我什么也不知道了，除了悲痛我已经不存在了，是怎样的悲痛，这是怎样的悲痛，我也不知道，是不是几个月前一个孩子死了，孩子死去带来的悲痛又重新出现，还是另一种新出现的悲痛，我不知道。现在，我相信这是另一种新的悲痛，我的孩子一出生就死去而我竟完全不认识他，我不愿意为这个孩子就自己杀死自己。

错了，人们是搞错了。人们犯下错误只要几秒钟就可以传遍世界。这种丑事在上帝统治的范围内一直是存在的。我的小哥哥是不死的，只是我们看不到他了。不死，在这个哥哥还活着的时候就已经潜存于他的肉体之中，而我们，我们竟看不到不死本来就寄居在这个肉体之内。我的哥哥的肉体是死了。不死和他一起也归于死灭。现在，这个曾有什么寄居于其中的肉体是没有了，这种寄居也没有了，但是这个世界照样运行不止。人们是彻底地错了。谬误已遍及宇宙万物，可耻的丑闻也是如此。

在小哥哥死去的时刻，这一切本来也应该随之消失。而且是通过他。死就像是一条长链，是从他开始的，从小孩子开始的。

孩子死去的肉体，对于以它为因而发生的许多事件，是无知无觉的。他二十七年生命，不死就隐藏于其中，它叫什么名目，他也不知道。

我比任何人都看得清楚。所以，我一经有了这样的认识，——这本来也很简单，即我的小哥哥的身体也就是我的身体，这样，我也就应该死了。我是死了。我的小哥哥已经把我和他聚合在一起，所以我是死了。

应该把这些事情告诉人们。让他们明白，不朽就是朽，不死就是死，不死也可以死去[①]，这是已经发生并且继续还在发生的事实。不死也未见得就意味着这样，它就是那种绝对的两重性。它不存在于具体的细节之中，它仅仅存在在原则上。不死本来就寄托在存在之中，有些人在不知对之有所为的条件下，是能够把不死寄之于存在的。同样，另一些人在相同的条件下，在不知能够那样做的条件下，也可以在这些人身上把不死寄托在存在之中。要告诉他们，这是因为不死觉察到生命是不死的，因为不死原本就寄托在生命之中。要告诉他们，不死不是一个时间久暂

① 不死与死相对。从道德的意义上理解，在中文不说不死，而说不朽。

的问题，不是一个不死的问题，而是至今不为人知的另一种事物的问题。要告诉他们：说它无始无终，和说它与对生命的意识共始终，同样是谬误的，因为它既具有精神的性质，同时也有追求虚无的性质。请看沙漠的僵死的砂砾，小孩的死去的肉体：不死是不到这里来的，在这里它就停止了，在外部逡巡，绕开，离去。

对于小哥哥来说，那是一种不带缺陷、没有传奇性、不带偶然性、纯一的、具有惟一内涵的不死。小哥哥在大沙漠中，没有呼叫，什么也没有说，在彼在此全一样，一句话也没有。他没有受过教育，从来没有学习过什么。他不知怎么谈话，勉强能读会写，有时人们甚至认为他连什么是痛苦也不知道。他是这样一个人：什么都不理解，而什么都怕。

我对他的爱是不可理喻的，这在我也是一个不可测度的秘密。我不知道我为什么爱他竟爱得甘愿为他的死而死。一别十年，事情真的发生了，过去我可是很少想到他。我爱他，也许永远这样爱他，这爱不可能再增加什么新的东西了。那时我竟忘记有死。

我们在一起谈话很少很少，关于大哥，关于我们的灾难，关于母亲的不幸，关于那平原上的土地的厄运都谈得很少很少。我们谈的宁可说是打猎、卡宾枪、机器、汽车。他常常因汽车撞坏大为恼怒，他后来搞到的几辆破旧汽车也都对我讲过，也详细给我写过信。各种猎枪和各种破旧汽车的商标牌号我都知道。当然，我们还谈过老虎吃人的事，若是不小心就会被老虎吃掉，我们也谈过在水渠里游泳的事，如果继续游到急流里去就会淹死。他比我大两岁。

风已经停了，树下的雨丝发出奇幻的闪光。鸟雀在拼命鸣叫，发疯似的，把喙磨得尖利以刺穿冷冷的空气，让空气在尽大的幅度上发出震耳欲聋的鸣响。

邮船的发动机停了，由拖轮拖着，一直拖到湄公河河口近西贡那里的海湾有港口设施的地方，这里是抛锚系缆所在，这里叫做大河，即西贡河，邮船就沿着西贡河溯流而上。船在这里停靠八天。当各类船只停靠在码头上，法国也就在那里了。人们可以上船去吃法国式的晚餐，跳舞，对我母亲来说，那未免过于昂贵了，而且，对她来说，也无此必要，不过，和他一起，和堤岸的情人一起，是可以去的。他所以不去，是因为同一个这么年轻的白人姑娘一起去，怕被人看见，他没有这样说，但她是知道的。在那个时期，五十年前，当然也说不上时间久远，五十年前到世界各地去，也只有从海路乘船去。世界各大洲彼此分割，陆路不通，还没有铁路铺设。在数百数千平方公里的土地上，只有史前时期开辟的一些通道存在。连接印度支那和法国的航线，只有法国邮船公司漂亮的邮船往来其间，这就是在航线上航行的“三个火枪手”：波托斯号，达塔尼昂号，阿拉米斯号。

航程要持续二十四天。那时定期航班的邮船在船上很像是若干城镇组成的，有街道，有酒吧间，咖啡馆，图书阅览室，沙龙，约会，情侣，还可以婚丧嫁娶。因此一些偶然性的社团应运而生，这些关系的形成，也不得不然，这一点人们是知道的，也不会忘记，正因为这样，这些社团也变得很有生气，很有趣，让人流连忘返。所以这就成了女人特有的旅行了。对女人来说尤其不可小视，对于某些男人有时也不可忽视，这类到殖民地去的旅行于是成为取得事业成功名副其实的历险活动了。对于我们的母亲来说，在我们童年时期，这些旅行就成了被她称之为“她一生中最美好的日子”那一类事情了。

动身启程。旅程的开始永远都是这样。遥远的行程永远都是从海上开始的。永远是在悲痛和怀着同样绝望的心绪下告别大陆的，尽管这样，也阻止不了男人动身远行，比如犹太人，有思想的人，还有只愿在海上旅行的旅行者，尽管这样，也阻止不了女人听任他们弃家出走，她们自己却从来不肯出门远行，总是留在家里，拘守故土、家族、财产，坚持必须回家的理由。几百年的时间，乘船旅行使得旅人变得比我们今天的旅行者更加迟钝，更带有悲剧性。旅行的时间当然与空间距离一样长。人们对人类在海上和陆地旅行这种缓慢的速度，已经习以为常，对于迟误，等候风向，等待天气转为晴朗，遇难，烈日，死亡，也习以为常了。这个白人小女孩所见到的那些大轮船已经是世界上落后的班船。在她年轻的时候，最早出现的飞机航线已经设立，势必将逐渐取代人类在海上长途跋涉。

他仍然每天都要到堤岸的公寓去。他仍然按习惯那样，在一个时期他仍然按老习惯那样做，用双耳瓮积存清水给我洗浴，再把我抱上床。他还是紧靠着我，睡在我身边，不过他已经变得无能为力了。离别的日期尽管为时尚远，但是分别一经确定下来，他对于我，对我的肉体，就什么也不能了。这种情况是突然发生的，他并不知道。他的肉体对这个即将离去、叛离而去的女人已经无所欲求。他说：我再也不能得到你了，我自以为还能，但是办不到了。他说他已经死了。他对我微笑着，非常温柔的表示歉意的笑，他说也许再也不会有了。我问他是不是想。他那么笑了一笑，他说：我不知道，现在，大概是想。在沉痛之中，柔情依然还在。这种痛苦，他没有说，一个字也不曾提起。有时，他的脸在战栗，牙齿咬紧，双目紧闭。他闭起眼睛所见到的种种形象，他始终没有说过。也许可以说他喜欢这样的痛苦，他喜爱这种痛苦就像过去爱我一样，十分强烈，甚至爱到宁可为之死去也说不定，可是现在他宁愿要痛苦甚于得到我。有几次他说他愿意爱抚我，因为他知道我渴想得到爱抚，他说当快乐出现的时候他也很想注意看看我。他那样做了，同时也在注意看我，他还叫着我，就像叫他的孩子一样。我们约定，谁也不看谁，但是不可能，过去也不可能。每天傍晚我都在学校门前他的黑色汽车里看到他，羞耻早已抛到九霄云外去了。

开船的时刻到了，三声汽笛长鸣，汽笛声拖得很长，声音尖厉，全城都可以听到，港口上方，天空已经变成黑一片。于是拖轮驶近大船，把它拖到河道中心。拖过之后，拖轮松开缆索，返回港口。这时，轮船还要再一次告别，再次发出那可怕的叫声，那么凄厉，让人觉得神秘难测，催人泪下，不仅旅人下泪，使动身远去的人哭泣，而且使走来看看的人以及没有明确目的来到这里的人、没有什么可思念的人听了也落下泪来。随后，轮船凭借自身的动力徐徐开行，沿着河道缓缓向前开去。经过很长时间，仍然可以看到它那高大的身影，向着大海航去。有很多人站在岸上看着船开去，不停地招手，挥动他们手中的披巾、手帕，但动作渐渐放慢，愈来愈无力了。最后，在远处，陆地的弧线把那条船的形状吞没，借着天色还可以看到它慢慢地下沉隐没。

当轮船发出第一声告别的汽笛鸣声，人们把跳板撤去，拖轮开始把它从陆地拖引开去，离岸远了，这时，她也哭了。她虽然在哭，但是没有流泪，因为他是中国人，也不应为这一类情人流泪哭泣。也没有当着她的母亲、她的小哥哥的面表示她心里的痛苦，什么表示也没有，就像他们之间惯常所有的情形那样。他那黑色长长大大的汽车停在那里，车前站着穿白制服的司机。车子离法国邮船公司专用停车场稍远一点，孤零零地停在那里。车子的那些特征她是熟知的。他一向坐在后面，他那模样依稀可见，一动不动，沮丧颓唐。她的手臂支在舷墙上，和第一次在渡船上一样。她知道他在看她。她也在看他；她是再也看不到他了，但是她看着那辆黑色汽车急速驶去。最后汽车也看不见了。港口消失了，接着，陆地也消失了。

航程中经过中国海、红海、印度洋、苏伊士运河，清晨一觉醒来，船的震荡停止了，可知船已到岸，船正沿着沙滩航行。但是，这里仍然是海洋。海洋更其辽阔，遥远无边，一直连通南极，航程中有几次停靠，从锡兰[1]到索马里是距离最长的一段路程。有时海洋是这样平静，季节又是这样纯净温煦，人们在航行途中甚至觉得不是这一次在这里的海上旅行，而是经历另一次海上行程似的。这时，船上的大客厅、船上前后纵向通道、舷窗都打开来，整个船都打开来了。旅客从他们无比炎热的舱房走出来，甚至就睡在甲板上。

旅途中，船正在横越大洋，有一天深夜，有一个人死了。她现在已经不能明确知道是不是这一次旅行或另一次旅途中发生的事。头等舱酒吧间有一些人在玩牌，在这些玩牌的人中有一个年轻人，这年轻人打牌打到一定的时间，一言不发，把牌放下，走出酒吧间，穿过甲板，匆匆跑去，纵身一跃跳下海去。船正在快速航行，待船停下来，尸体已不知去向。

写到这件事，不，她并没有亲自见到这条船，而是在

① Ceylan，今斯里兰卡。

另一个地方，她听人讲过这个故事。那是在沙沥。那个青年，就是沙沥地方长官的儿子。她也认识他，他也在西贡中学读书。她还记得，他身材高大，和蔼可亲，面呈棕色，戴一副玳瑁边眼镜。人们在他的房舱里什么也没有发现，一封信也没有留下。他的年纪，倒是留在记忆里了，真可怕，也是十七岁。船在第二天黎明又启航了。最可怕的就是这一点，船竟自远去。太阳升起，大海茫茫，决定放弃搜寻。永远的离弃，分离。

还有一次，也是在这次航行途中，也是在大洋上，同样，也是在黑夜开始的时候，在主甲板的大客厅里，有人奏出肖邦圆舞曲，声音极为响亮，肖邦圆舞曲她是熟知的，不过那是按照自己的理解，也曾学过几个月，想学会它，但是始终没有学好，不能准确弹奏，所以后来母亲同意她放弃学琴。那是已经消失在许许多多黑夜中的一夜，一个少女正好也是在这条船上，正好是在那一夜，在明亮放光的天宇下，又听到肖邦那首乐曲，声音是那么响亮，这一切是确定无疑的，是发生了这样的事。海上没有风，乐声在一片黑暗的大船上向四外扩展，仿佛是上天发出的一道命令，也不知与什么有关，又像是上帝降下旨意，但又不知它的内容是什么。这少女直挺挺地站在那里，好像这次该轮到她也纵身投到海里自杀，后来，她哭了，因为她想到堤岸的那个男人，因为她一时之间无法断定她是不是曾经爱过他，是不是用她所未曾见过的爱情去爱他，因为，他已经消失于历史，就像水消失在沙中一样，因为，只是在现在，此时此刻，从投向大海的乐声中，她才发现他，找到他。

就像后来通过小哥哥的死发现永恒一样。

在她的四周，人们正在沉睡，覆盖在音乐之下，但是他们并没有被音乐唤醒，他们在静静地睡着。少女在想她所见到的这一夜，也许是印度洋上最平静的一夜。她相信在这天夜里她看见她年轻的哥哥和一个女人走到甲板上来。他倚在船舷上，她拥抱他，他们在拥吻。那个少女躲藏起来，以便看得更清楚一些。她也认识那个女人。她已经和小哥哥在一起，他们是不会分离的。她是已婚的女人。事情就是有关这一对可以说已经死去的夫妻。丈夫似乎什么都没有看到。在旅程最后几天，小哥哥整天和女人留在舱房里，他们只在傍晚出来。在这些日子里，或许可以这么说，小哥哥见到他的母亲和他的妹妹也不认识她们了。母亲变得愤懑、寡言、忌妒。她，妹妹，她在哭。她相信她是幸福的，但是同时她也怕，怕那样的事也会在小哥哥那里出现。她本来相信他把她们抛弃了，和那个女人一起走了，但是，并没有，在到达法国的时候，他又回来找她们了。

她不知道这个白人少女去后有多久，他遵照父命，与十年前家庭指定的少女成婚，这位少女在结婚的时候当然也是珠翠满头金玉满身。这个中国女人也来自北方，是抚顺城里人，是由家族陪伴前来成婚的。

他也许很长时间未能和她相处，大概也拖了很长时间不同意给予他财产继承人的地位。对于白人少女的记忆依然如故，床上横陈的身影依然在目。在他的欲念中她一定居于统治地位久久不变，情之所系，无边无际的温柔亲爱，肉欲可怕的阴暗深渊，仍然牵连未断。后来，这样的一天终于来到，事情终于也成为可能的了。对白人姑娘的爱欲既是如此，又是这样难以自持，以致如同在强烈的狂热之中终于重新获得她的整体形象，对她的欲念、对一个白人少女的爱欲也能潜入另一个女人，这样的一天终于来临了。他必是通过谎骗在这个女人身中又找到自身，并且通过谎骗完成家族、上天和北方的祖先所期求于他的一切，即承祧姓氏。

也许她已经知道白人少女的存在。她身边有一些沙沥当地人女仆，她们对那个故事了若指掌，肯定会讲出来的。她不会不知道她的痛苦。她们二人大概年纪相仿，都是十六岁。在那天夜里，她有没有看到她丈夫哭泣？看到了，有没有给他安慰？一个十六岁的少女，一个三十年代的中国未婚妻，她能不能安慰这类要她付出代价的通奸的痛苦而不觉有背于礼？有谁能知道？也许她受骗了，也许她也和他同哭共泣，无言可诉，度过了那未尽的一夜。哭过之后，爱情也就随之来临。

这个白人少女对这一件件一桩桩一无所知。

战后许多年过去了，经历几次结婚，生孩子，离婚，还要写书，这时他带着他的女人来到巴黎。他给她打来电话。是我。她一听那声音，就听出是他。他说：我仅仅想听听你的声音。她说：是我，你好。他是胆怯的，仍然和过去一样，胆小害怕。突然间，他的声音打颤了。听到这颤抖的声音，她猛然在那语音中听出那种中国口音。他知道她已经在写作，他曾经在西贡见到她的母亲，从她那里知道她在写作。对于小哥哥，既为他，也为她，他深感悲戚。后来他不知和她再说什么了。后来，他把这意思也对她讲了。他对她说，和过去一样，他依然爱她，他根本不能不爱她，他说他爱她将一直爱到他死。

诺弗勒堡－巴黎

一九八四年二至五月

# 翻译后记

玛格丽特·杜拉斯以小说《情人》获得一九八四年龚古尔文学奖。这一新作在去年秋季文学书籍出版季节出现之始，即引起广泛的热烈反响，各大报争相发表热情洋溢的评论，九月初发行量每日即达到一万册之多。这位女作家原属难懂的作家之列，这部作品出乎意料地受到如此热烈的欢迎，取得很大的成功，被认为是“历史性的”、是“杜拉斯现象”。待龚古尔奖揭晓后，此书大概已经有近百万册送到读者手中了。

这种所谓“杜拉斯现象”是值得注意的。《新观察家》杂志上发表了一位普通读者的来信，说“在一个月之前，玛·杜对我来说还意味着玛格丽特·杜拉斯祖瓦尔(Dura[z]oir，即杜拉斯写的那种东西之意)，一个专门写令人昏昏欲睡而且复杂得要命的书的作家，她还搞一些让人看不懂的电影”，可是读过《情人》以后，这位读者终于“发现了玛格丽特·杜拉斯”。一位五十六岁的心理学家说这部小说“由于这种完全独特的写法，在语法范围内的这种简练，对于形象的这种选择”，简直使他为之入迷。一位工程师发表感想说：把一些违反传统、不合常规的感情写得这样自然，“必是出于大作家之手”，“如果作家缺乏才气，那种感情看起来就未免太可怕了”。有一位三十四岁的母亲写信在报上发表，表示她一向认为杜拉斯是“枯燥的、知识分子式的女小说家”，读了她的新作之后，发现小说中有着如此丰富的情感、力量和激情，惊奇不已。这些不属于大学文学院或文学界的人士发表的意见，当然各有其思想背景，但可予注意的是像杜拉斯这样追求创新而不易为一般读者所理解的现代作家在法国已渐渐为广大读者所理解和接受了。杜拉斯不是通俗作家，其作品竟“畅销”到这样的境地，恐怕不是什么商业性或迎合某种口味的问题。

小说《情人》据说最初起于玛格丽特·杜拉斯之子让·马斯科洛(Jean Mascolo)编的一本有关杜拉斯的生活和她摄制的影片的摄影集，题目叫做《绝对的形象》；这个影集题首写明献给布鲁诺·努伊唐(Bruno Nuytten，法国当代著名的很有才华的电影摄影师)；影集所收图片自成一体，但其中有一幅居于中心地位的图片，即在渡船上过河一幅独独不见，但从影集整体看，缺少的这一幅又在所有的图片中处处依稀可见。影集的说明文字有八十页，杜拉斯的生活伴侣扬·安德烈亚(Yann Andrea)在打字机上打好之后，认为这些说明文字不免画蛇添足，是多余的，建议杜拉斯以之另写一本小说。杜拉斯也曾将影集连同说明文字送给出版家去看，反应冷淡。小说的起因便是如此。可知小说《情人》与作家个人生活密不可分，带有自传的因素，而且与作家的文学、电影(戏剧)创作活动也紧密相关。

玛格丽特·杜拉斯说：《情人》这本书“大部分是由过去已经说过的话组成的”。她说：“读者——忠实的读者，不附带任何条件的读者对我这本书的人物都是认识的：我的母亲，我的哥哥，我的情人，还有我，地点都是我过去曾经写过的，从暹罗山到卡蒂纳大街许多地点过去都写过……所有这一切都是写过的，除开玛丽－克洛德·卡彭特和贝蒂·费尔南代斯这两个人物。为什么要写这两个女人？这是读者普遍表示有保留意见的。所以我担心这本书的已知的方面会使读者感到厌烦，对于不知的方面，人们又会因此而责备我。”可见，从小说《情人》可以寻索出这位作家文学思想的发展和各个时期发表的作品的若干线索，有助于对这位在艺术上始终进行试验的作家进一步了解。

一部小说带有自传色彩，与一部自传体作品不能等同视之。杜拉斯说：《情人》“是一本由不得自己写出而又舍我而去的书(un livre qui m'échappe)，它离开我的双手被送出去，此后它就是它了。这是我写的许多书中与各书谐音最少的一本。其中只有一句话没有写进故事框架之内，即第十四页与十五页(译文见本书第九页)：‘我的生命的历史并不存在……’等等，关于写作一事对于我究竟是怎么一回事，我只讲过这么一次：‘写作，什么也不是。’这本书全部都在这里了……”

小说当然不能等同于自叙传，同样也不应仅仅归之于一个故事，作品包含的内容大于情节。出版小说《情人》(子夜出版社)的出版家热罗姆·兰东(Jérôme Lindon)指出：“有些人曾劝她删去某些段落，我曾鼓励她保留不动，特别是关于贝蒂·费尔南代斯的一节，这是这本书最有意趣的一段，因为这一部分表明这本书的主题决非一个法国少女与一个中国人的故事而已。在我看来，这是玛格丽特·杜拉斯和作为她全部作品的源泉的那种东西之间的爱的历史。情人代表着许许多多人物……”这样的意见可能是符合一部文学作品的实际情况的。

上面所说玛格丽特·杜拉斯关于写作的看法，在小说中其实提到不止一次，但语焉不详，下笔时显然避之惟恐不及而又不得不写。在其他场合，杜拉斯谈到文学问题的文字也不多见。这个问题在《情人》中毕竟也是一个不可忽视的方面，细心看去，似可探得一些消息。

有人问这位作家，在重读自己这本小说的时候，是不是有某些懊悔，有感到遗憾的地方。回答是：没有，只有小说的结尾是例外，即小说最后十行文字写打来的一个电话。“不过，这是已经发生的事，像其余的一切一样，所以，在这一点上，又何必加以掩盖？何况这正好就是全书的结局。我写的书一向都是没有结尾的。但在这里，小说的开端就把全书关闭起来了。”这里又一次指明《情人》一书与作者的其他小说作品的不同之处。

小说处理的题目大体仍然是关于爱情、死、希望这些观念。如讲到没有爱的爱情，爱的对象便变成了“物”，等等。小说中对于现实生活中这样一些普遍现象既置之于具体的时间与空间条件下加以描绘，又常常从绝对的角度按不同层次给以测度，由此引出极度的痛苦、深可悲戚的情景，而运笔又偏于枯冷，激情潜于其下，悲剧内容既十分沉重又弥漫全篇，很是低沉悲伤。读者对此要进行分析和鉴别。

王道乾

一九八五年二月

**图书在版编目（CIP）数据**
情人／（法）杜拉斯（Duras，M.）著；
王道乾译，—上海：上海译文出版社，2005.7（2025.8 重印）
（玛格丽特·杜拉斯作品系列）
ISBN 978-7-5327-3687-4

Ⅰ. 情... Ⅱ. ①杜... ②王...
Ⅲ. 中篇小说—法国—现代 Ⅳ. I565.45

中国版本图书馆 CIP 数据核字（2005）第 023479 号

MARGUERITE DURAS
L'amant

本书根据子夜出版社 1984 年 11 月法文版译出

图字：09-1997-037 号

情人
L'amant

MARGUERITE DURAS
玛格丽特·杜拉斯 著
王道乾 译

出版统筹 赵武平
责任编辑 符锦勇
装帧设计 陆智昌

上海译文出版社有限公司出版、发行
网址：www. yiwen. com. cn
201101 上海市闵行区号景路 159 弄B座
浙江新华数码印务有限公司印刷

开本 787×1092 1/32 印张 5 插页 4 字数 69,000
2005 年 7 月第 1 版 2025 年 8 月第 30 次印刷

ISBN 978-7-5327-3687-4
定价：36.00 元